D0107971

El oído miope

Adriana Villegas Botero

El oído miope

ALFAGUARA

Título: *El oído miope*
Primera edición en Alfaguara: enero, 2018
Primera reimpresión: febrero, 2018

© 2017, Adriana Villegas Botero
© 2018, de la presente edición en castellano para todo el mundo:
Penguin Random House Grupo Editorial, S. A. S.
Cra. 5a. A N°. 34-A-09, Bogotá, D. C., Colombia
PBX (57-1) 7430700
www.megustaleer.com.co

Impreso en Colombia-*Printed in Colombia*

ISBN: 978-958-5428-62-1

Compuesto en caracteres Adobe Garamond Pro
Impreso en Editora Géminis, S. A. S.

Para Alicia, la dicha que sí fue

      ① felicidad
     ② suerte feliz

       o

adj. ① citado antes (decir)
  ② cosa que se dice
  ③ frase, modismo o proverbio
     popular

    frec i ___ popular

v = anhelar

mi cosa que se desea, con anhelo

En esas habitaciones oscuras donde vivo
pesados días, con qué anhelo contemplo a veces
las ventanas. —Cuándo se abrirá
una de ellas y qué ha de traerme—.
Pero esa ventana no se encuentra, o yo no sé
hallarla. Y quizá mejor sea así.
Quizá esa luz fuese para mí otra tortura.
Quién sabe cuántas cosas nuevas mostraría.

KONSTANTINO KAVAFIS

Bajo un sol forastero, un forastero seré
Bajo un cielo negro negro, extranjero hablaré

MIGUEL BOSÉ

Martes

El apartamento de Miss Smith es un lugar ordenado, limpio y bien iluminado, que siempre huele a blanqueador. Queda en el cuarto piso de la esquina de la 105 con Amsterdam. Desde la ventana se ven la calle, el edificio gris de enfrente, una lavandería, un restaurante tailandés y una cafetería. Al fondo, algunos olmos tristes, desnudos, del Central Park. Cristina va cada quince días, los martes a las 2:00. Lava uno o dos platos y algunos vasos, desocupa y limpia la nevera, asea el baño, incluyendo piso, tina y paredes, aspira el cuarto, sacude el polvo de los muebles y bota la basura en el *shut*. Si Miss Smith necesita algo especial le deja una nota en inglés junto a dos billetes de veinte dólares. Hoy no hay nota. Sale antes de las 4:00. Es casi de noche.

La temperatura es de veintiséis grados Fahrenheit. Cristina traduce: resta treinta y dos, multiplica por cinco, divide por nueve. Estamos a menos tres. Se baja el gorro y esconde la cara en la bufanda. Con su morral, parece una tortuga. En la esquina se aglomera una multitud, esperando el semáforo. Algunos hablan solos, vociferan, gesticulan. Usan el manos libres del celular (los españoles le dicen "móvil"), que no se ve entre las capas de ropa. Parecen locos. Luz verde: la masa que va de norte a sur choca con la que va de sur a norte. Todos con las manos en los bolsillos, caminando rápido, mirando al suelo. La boca del metro se traga la multitud. Cristina baja las escaleras, se sumerge en la estación. Abre el morral, busca la metrocard, no la encuentra, se quita el guante, sigue buscando, saca la tarjeta, hace la fila, ingresa, guarda la tarjeta, se pone el guante. Mano helada. Vuelve a bajar otros dos pisos. Se ve el vaho

11

junto al rostro de los que esperan. Abajo, entre los rieles, ratas enormes. Una rata lleva una tajada de pizza de carnes. "Tajada de pizza" se dice *slice*. "Tajada de plátano maduro" no se dice *slice*. O a lo mejor sí. Quién sabe. Si existieran tendrían nombre pero desde que vive acá nunca ha visto una *slice* de plátano maduro. Llega el N, amarillo, rumbo a Queens. Va lleno pero no importa. Sube. "Please don't lean against the door", dice la voz masculina de la grabación. Traduce: que no se recueste en la puerta. En la televisión pasaron un informe sobre los empujadores del metro de Tokio y mostraron a señoras, a ancianos que quedaban inmóviles contra los vidrios. Acá no hay empujadores pero a veces el metro sí está repleto. Se acuerda de eso porque en los avisos publicitarios que hay en el vagón está la foto de una familia china. O japonesa, o coreana, o tailandesa, o vietnamita, da igual. De por allá. O quizás son de por acá: gringos. Si estuviera sentada sacaría su cuaderno para anotar las palabras que no sabe. Hay un letrero en español de asesoría legal para inmigrantes.

Sábado

From: cristinamejjias@hotmail.com
To: Undisclosed recipients

6° parte redondea da del cuerpo femenino

Hola a todos. ¿Cómo van? Acá bien, aguantando frío. Me vieran: parezco un astronauta. Salgo a la calle sin curvas: calzones, brasieres, camiseta esqueleto, camiseta de franela de manga larga, uno o dos sacos de lana y chaqueta gruesa cerrada. Medias largas de lana, pantalón de sudadera y encima jeans. Gorro, bufanda y guantes. Odio los putos guantes. Los odio... no soy capaz de hacer nada con guantes. Me demoro contando la plata, sacando la tarjeta para el metro, se me caen las cosas. Entonces me los quito para ser más ágil, pero me congelo. Las manos se me arrugan en instantes y parezco anciana. La piel se marchita, es como si el ambiente absorbiera en segundos toda la humedad. Parece un efecto especial de una película de terror. El otro día entré por curiosidad a la tienda de Elizabeth Arden en la Quinta Avenida. Me quité mis capas de ropa, sonreí y una vendedora muy bonita se acercó a atenderme. May I help you? Busco una crema antiarrugas. Para usted? No, para mi mamá, de cumpleaños. Mentí. Me untó un poquito y yo la esparcí en la mano. Era un pote pequeño. Olí. Cuánto cuesta? 380 dólares. Calculé. Lo que me untó vale más de 4 dólares. Quedé contenta.

Chao chao, me cogió la noche. Esta semana vuelvo a meterme a internet.

From: monitalinda1983@gmail.com
To: cristinamejjias@hotmail.com

Quiubo! Ya consiguió novio gringo? Cuente detalles sin que haya que preguntar mucho. Yo me imagino que allá en cada esquina uno queda con dolor de cuello de mirar para todos los lados: tanto tipo papito en tan poquito espacio. Qué envidia. Acá, en cambio, todo igual. Cuadrando una licitación, o sea montando todo para que se la ganen los Martínez. Orden del Supremo. Con Juan también todo igual, o sea ni fu ni fa. La Foca malgeniada, como siempre. Consígame un gringo para mí. Saludes de todos los pescados.
    Chaooooooooooo

Martes

From: cristinamejjias@hotmail.com
To: Undisclosed recipients

[nota manuscrita al margen: bandearse = ingeniárselas para salir de dificultades]

Hola a todos. Les cuento que cada día me bandeo mejor con la ciudad y con el idioma. Por fin empecé el curso de inglés. Es de lunes a viernes, de 8 a 10 a.m., en el Hotel Pennsylvania. Me hicieron un examen de nivelación: What´s your name? Where are you from? Cosas así. Todo iba bien hasta que el gringo dijo: Are you angry? Y yo le respondí que no, que por qué... Después entendí que había dicho hungry y no angry. Quedé en nivel 3. Son 8. Yo pensé que iba a quedar más arriba pero mi inglés sólo es bueno en las notas del colegio, no acá.

La profesora se llama Elizabeth. Nació en Grand Rapids, Michigan, es nieta de un cubano. Le calculo 60 años, trabajó 20 en General Motors hasta que la echaron. Es lesbiana, vive con una japonesa que es su compañera de apartamento pero no su pareja y tiene 2 gatos. Todo eso lo supe el primer día de clases porque ella dice que como vamos a aprender inglés todo lo que ella diga, hasta la marca de comida de su gato, es útil para la clase.

Somos más de 20. Algunos llevan años en NY y otros una semana. Nos sentamos en U. Está prohibido quedar al lado de alguien que hable el mismo idioma. Entonces el orden es español-ruso-español-polaco-español-japonés-español-coreano y así. No hay colombianos, pero sí un argentino, dos mexicanos y varios dominicanos. Hay dos tipos churros: un argentino y un iraní. El iraní es casado. Lo dijo en su presentación. La profesora le pone ejercicios especiales de escritura porque él escribe farsi, que es de derecha a

izquierda del papel. Está aprendiendo a escribir como nosotros, al derecho, pero se le van apretujando las letras en el
renglón. Es chistoso: él va para la izquierda pero la mano se
le devuelve sin querer. Todos los días hace planas. Trabaja
en una de las cafeterías de la ONU.

Miércoles

Hoy, luego de la clase de inglés, fue al baño y se untó rubor y brillo, aunque con la bufanda y el gorro no se le nota. Se perfumó. Va con la chaqueta roja, su favorita. Caperucita quiere que el lobo se la coma. El cielo está azul lo que significa frío intenso. Camina hasta Lexington. Línea verde. Se baja en Astor Place y atraviesa cinco bloques hacia el East River Side. Antes decía "cuadras", ahora dice "bloques". Va rápido, con la cabeza cortando el viento. Llega al edificio, enseguida del hotel Saint Mark's. Hay un local de venta de ropa *vintage* y otro de tatuajes. Sube las escaleras de madera. Traquean. Es una construcción antigua, con encanto y resabios. Abre la puerta. Respira el clima cálido. Estornuda. Noche desaparece como espanto. Se quita chaqueta bufanda gorro guantes botas buzo y saco de lana virgen. Queda en camiseta y jeans. Toma agua de la llave. Está helada. No es transparente sino obni: con objetos blanquecinos no identificados. Va al estudio y revisa qué hay en el equipo de sonido. Dizzy Gillespie. Lo enciende. Se recuesta en el sofá, en medias, y cierra los ojos. Escucha la trompeta.

Termina el primer corte. Estornuda. Se levanta, lleva el vaso a la cocina, lo lava. Abre el microondas, encuentra un poco de sopa con nata. La bota y lava el plato. Limpia el horno como aprendió en su casa: calienta durante cinco minutos dentro del horno una mezcla mitad agua mitad vinagre y luego pasa un papel secante que sale negro. Limpia la nevera. Tres manzanas, seis cervezas. Una lasaña congelada, un tarro plástico con jugo de naranja. Una caja de pasteles de manzana de McDonald's. Un queso con hongos verdes y olor a pecueca, envuelto en papel mantequilla. Lo bota. ¿Y si es así?, reflexiona. Abre la basura, recoge el queso, limpia el papel y lo devuelve a la bandeja de la nevera.

Pasa a la habitación. Noche sale como ráfaga. Estornuda. Tiende la cama. En inglés se dice "hacer la cama". Estornuda. Sábanas blancas, de lino. Revisa. Casi limpias. Hay pelos de Noche. La cama es doble pero sólo está destendido un lado. Abre el clóset, todo en orden. Sacos doblados, camisas y chaquetas colgadas. Mira el inodoro. Gotas en la rosca. Se arrodilla. Lo lava. Pasa un trapo. Suelta el agua y verifica que cargue bien. Este baño a veces falla. La tubería suena. Tiene fantasmas. Entra en la ducha, coge el cepillo, se pone en cuatro, friega el piso. Tapa el tarro de "*shampoo* para cabello con canas" y lo ubica junto al acondicionador. Coge una cuchilla de afeitar y la guarda en la gaveta. Verifica. Todo masculino. Trapea el baño, el cuarto, la cocina y el estudio. Sacude. Moja la única mata que tiene Thomas. No sabe cómo se llama esta mata. Es verde oscura, de hojas grandes, lanceoladas, sin flores. Ni fea ni bonita. Le conversa a la mata: Qué linda estás. Luego le dice: You are so pretty. Su papá decía que a las plantas les gusta que les hablen. Esta va a volverse bilingüe.

Regresa al estudio. Noche huye. Limpia la chimenea. Estornuda. Revisa la biblioteca. Luigi Ferrajoli. Cristina lo leyó cuando estudiaba Derecho. Garantista. Está subrayado. Reconoce a Bukowski, Hemingway, Henry James, John Dos Passos, Faulkner, Toni Morrison, Bret Easton Ellis, Paul Auster, Philip Roth. Casi nada entre todos los muchos títulos que hay. Ni una línea en español. En los entrepaños hay tres portarretratos: uno de un grupo de más de veinte rostros muy jóvenes con toga y birrete. Cristina cree que Thomas es el tercero de derecha a izquierda. Se ve alto y sonriente. La segunda foto es de una casa de madera con el mar al fondo. Se ven un perro y un árbol. Cristina sospecha que es la casa de la infancia de Thomas, o la de sus padres. No sabe. La tercera foto es más reciente: se ve a Thomas con algunas canas, en la mesa de un bar. Aparecen siete personas: cuatro hombres y tres mujeres. La silla al lado de la de Thomas está vacía. Probablemente es la de quien tomó la foto. Aunque la pudo tomar el mesero. No hay cartera o chaqueta en la silla vacía. Todos tienen los vasos de cerveza levantados. Están brindando. Esas son las únicas imágenes que tiene de él. Cuando visitó el apartamento por primera vez él dejó las llaves en una caja de fósforos en la portería, dentro de un sobre de manila. Los contactó una amiga de Rosario. Hasta ahora, Cristina nunca se ha cruzado con él. Sólo han hablado por teléfono. Cristina entendió pedazos de la conversación. Pero esas canas, las arrugas de la frente, esa sonrisa de malo, la estatura, todo le parece seductor. Y lo que ve en las fotos se suma a los atributos que ella encuentra en el apartamento: la música que oye, los libros que lee, la ropa que usa, su mata. Todo en Thomas es perfecto, salvo que él aún no la conoce y, por lo tanto no se ha enterado de lo muy perfecta que es ella para él.

Remueve la arena de Noche, como le enseñó Thomas en un inglés lento del otro lado de la línea. Le habló despacio y en un volumen muy alto, como si fuera sorda. Seguro que vocalizó mucho, aunque ella no lo estuviera viendo. Estornuda. Abre una lata de comida y la deja al lado de su "cama", un cojín mullido con los bordes más gruesos que el centro. Mira el reloj. Es temprano. Se recuesta en el sofá y vuelve a empezar el mismo CD de Dizzy Gillespie. Se queda casi dormida, pero un gruñido de Noche la sobresalta. Deja el CD como lo encontró y apaga el equipo. Se pone chaqueta bufanda gorro guantes botas buzo y saco. Toma el billete de cincuenta dólares que está sobre el microondas con una nota que dice: "Thanks, Cristina" y una milkyway pequeña. Huele la nota. Letra bonita. La guarda, se pone los guantes y sale al frío de la tarde.

No hay nieve y es un alivio. La nieve sólo es bonita en postales. Cae en cámara lenta, con liviandad, pero en el piso se transforma en hielo o pantano. Ha visto algunos negros y chinos escupir saliva o gargajos que se congelan también sobre la linda nieve navideña. Sus botas finas de cuero negro se resbalan en el hielo y los carros que echan sal para derretir la nieve no incluyen las aceras.

Pero hoy se puede caminar a pesar del frío y decide ir hasta Barnes & Noble. Atraviesa Union Square. Tropieza con una tumba de piedra. Observa. Hay más. En algunas se alcanza a ver el nombre o el año tallado en la roca. Lee: "1874". No se sorprende. En Nueva York, en cualquier parque, brota un cementerio.

Llega. Es un edificio antiguo (como todo acá) color ladrillo. Adentro la librería es enorme, con lámparas redondas colgando del techo alto y columnas blancas. Hay sofás para leer sin prisa. Nadie pregunta qué se le ofrece o en qué te puedo ayudar, mami. Dejan estar. Cristina divaga entre los estantes. Lee los títulos de la sección de novedades. No conoce ningún autor. Al fondo ve la palabra mágica: Clearance, que la atrae como pizza al ratón. Busca entre las promociones algún nombre familiar, de cuento o novela. *Dubliners*, James Joyce, $5,25. Perfecto.

Entra al metro. Toma la línea N. Se sienta y saca su libro. Con un libro así es posible que alguien entable una conversación en inglés. Se pone las gafas. Empieza a leer. Mira de reojo a los pasajeros, pasa la primera página sin haber entendido mucho pero no importa. Subraya catorce palabras en dos páginas. Se baja dieciséis estaciones más tarde, sin haber cruzado una sílaba con nadie.

Jueves

From: monitalinda1983@gmail.com
To: cristinamejjias@hotmail.com

Quiubo. La Foca se enfermó. Volvimos del puente y no vino a trabajar. Le dio varicela... toda una cucha con enfermedad de niñitos. No es que me alegre, pero le dieron dos semanas de incapacidad y acá en la pecera estamos como de vacaciones. Imagínesela: gorda, grasienta, bigotuda y llena de ronchas.

Hablando de cosas feas, entró a trabajar un abogado a control disciplinario. Feo feo feo, pero anda ronroneando. Le adjunto la foto. Ya le dije que es feo, así que no me regañe. Se llama Yovani Albeiro. Opine, diga todo lo que piensa.

Chaooooo

La familia Kauffman vive en un dúplex de Park Avenue con 79. En el lobby hay flores frescas todos los días del año. El ascensor tiene un espejo grande y cámara oculta de vigilancia. Cristina la descubrió luego de más de un mes de visitas, cuando ya se había espichado varias espinillas frente al cristal.

El ascensor abre directo en la sala del apartamento. Piso de madera y sala amplia, con ventanal a la avenida. Cortinas de velo blanco. Pared llena de cuadros de diferentes tamaños y marcos. Todos originales. Retratos, naturalezas muertas, bodegones, paisajes en tonos verdes, azules, grises, negros y cafés, firmados por Rachel W.

Cristina los limpia con una tajada de pan con la que recorre muy suavemente la superficie del lienzo. Sólo funciona con pan tajado. Una rebanada de pan cortada por ella dejaría el cuadro lleno de boronas. *Halved bread* no es lo mismo que *sliced bread*. Otro truco familiar.

Al lado de la sala está el comedor de ocho puestos y al fondo, la cocina. En la sala hay un baño auxiliar que es el que Cristina tiene permitido usar, y junto a la puerta una escalera de caracol que sube al segundo piso. Allí están el cuarto de Mr. y Mrs. Kauffman, la habitación de los gemelos y un pasillo que se ensancha al fondo, en la sala de entretenimiento. El cuarto principal tiene baño, vestier y vista sobre la avenida. El de los niños, dos camas, baño, escritorio y televisor, y el salón, una banda caminadora y una bicicleta estática, un *home theater*, Nintendo Wii U y la colección de CD y películas. Hay algunas revistas y libros, sobre todo de tecnología y de arquitectura. También de paisajes. Sobre un caballete está un lienzo pequeño, blanco, tapado con una sábana. En un rincón duermen algunas cajas aún sin desempacar. La familia lleva apenas cuatro meses en NY. Antes vivían en Chicago.

Jacob Kauffman trabaja en B&H, o es socio de ese almacén, el más grande de cámaras de video y fotografía que hay en Nueva York. Queda por el Madison Square Garden, cerca de la escuela de inglés. Cristina sólo lo ha visto una vez. Usa bekishe, que es como una levita negra, y kipá, el gorrito parecido al del papa, pero no blanco. Tiene barba larga y peyes, o sea, esos crespos como de muñeca sobre las patillas. Lo imagina circuncidado. Su esposa, Rachel, es diseñadora de jardines, pero apenas está comenzando a hacer contactos en la ciudad. Siempre viste de falda larga y colores poco vistosos. En la segunda visita a la casa de los Kauffman, Cristina descubrió que Rachel es calva. En un compartimiento del vestier tiene varias pelucas, todas del mismo tono castaño oscuro.

Cristina va al apartamento de los Kauffman los lunes y los jueves. Llega a las 10:30, cuando sale de clase de inglés, y se queda más o menos hasta las 4:00, cuando aparece la señora Rachel para recibir a los gemelos. A veces, la señora llama o deja una nota en la que le pide a Cristina que reciba a los niños y la espere porque se va a demorar. Como trabaja jornada completa, le pagan ochenta dólares por día.

El de los Kauffman es el apartamento donde más trabajo tiene porque también se encarga de lavar la ropa. Le dejan ocho "cuoras", o *quarters:* monedas de veinticinco centavos con las que Cristina baja al sótano del edificio, donde está la lavandería. Con cuatro monedas pone a funcionar la lavadora y luego, con otras cuatro, la secadora. Una vez que se detiene la secadora, Cristina debe sacar la ropa caliente y plancharla muy rápido con la mano. Si la deja enfriar sin alisarla, la ropa queda con arrugado permanente, hasta la próxima lavada. Los Kauffman no tienen plancha, o no la ha visto, y Cristina tampoco la ha pedido porque no sabe planchar, así que les arregla la ropa como hace con la de ella. Las prendas más formales, como las levitas, camisas y pantalones de Jacob, y algunos vestidos de Rachel, se lavan en una lavandería que queda a dos cuadras y que todos los jueves envía a un joven marroquí a recoger el paquete de la semana y entregar el de la semana anterior. La señora paga con tarjeta de crédito, por internet.

Durante la hora y cuarto que demora el lavado y el secado, Cristina se dedica a hacer alguna tarea que le deja Elizabeth, y si no tiene tareas, se pone a buscar en el diccionario las palabras que ha anotado en su cuaderno. Elizabeth dice que están en clase de inglés, no de traducción simultánea, y por eso tienen que pensar en inglés y explicar el significado de las cosas en inglés. Está prohibido llevar diccionarios a clase. Sólo el Webster, que es inglés-inglés. Pero Cristina siente que todavía le falta vocabulario y por eso el tiempo que pasa en el cuarto oscuro del *laundry* lo dedica a fijarse en las palabras que no comprende para que el Pequeño Larousse de bolsillo inglés-español le revele su significado.

Martes

From: cristinamejjias@hotmail.com
To: Undisclosed recipients

Hello everybody. Acá todo el mundo anda pegado del canal del clima porque anunciaron tormenta de nieve para el domingo. Tenía planeado ir a Harlem pero tocó aplazar el paseo. La cosa como que es seria. Dicen que caerán 22 pulgadas de nieve, o sea algo menos de 60 centímetros. Esto parece una película de esas de King Kong. Desde que dieron la noticia, la gente se fue como loca a comprar agua, enlatados, comida, pilas, linternas, como si fuera a llegar el fin del mundo. Me daría susto un huracán pero esos son en agosto o por allá en el segundo semestre. A lo mejor estoy fresca porque no me ha tocado una tormenta así y no sé lo que me espera, pero es que acá son muy paranoicos. Esta semana iba llegando al apartamento cuando vi en la esquina tres carros de bomberos, con sirenas y todo. Pensé que había un incendio y resulta que era un gato que se había quedado atrapado en la canaleta de un techo, llena de hielo. No conozco ningún censo pero a ratos creo que NY tiene más gatos que personas, y más ratas que gatos. Los gatos de acá son estrato 50 y dudo que coman ratas. Sólo concentrado.

Bueno, como habrá tormenta de nieve apocalíptica y mi ciudad (porque ahora esta es mi ciudad) saldrá en todos los noticieros de televisión del universo, sólo volveré a buscar internet por ahí hasta el martes o miércoles. Pero estaré bien así que no se preocupen. Todo son experiencias.

Bye bye.

From: cristinamejjias@hotmail.com
To: monitalinda1983@hotmail.com

Ole... feo es un piropo. Esa cara es un experimento. Pobrecito, lo hicieron con sevicia... y encima llamarse Yovani Albeiro. Porque lo feo a lo mejor se le disimula si usted lo asesora en imagen: otro peluqueado, otra camisa, quitarle ese escapulario... no sé. Pero lo del nombre sí no tiene solución: "te presento a Yovani Albeiro". ¿Uno que cara pone ante eso? Es que un nombre feo es como tener una cicatriz en la frente. Tiene que pasar mucho tiempo y haber mucha confianza para que se vuelva invisible. Y lo del cambio de imagen en todo caso lo dudo... los hombres no cambian: como los crio la mamá así se quedan. Bueno, ya le dije todo lo malo. Ahora viene el consejo: dele alguna oportunidad a ver qué. Juan no sirve para nada, no se compromete, se le desaparece, no le contesta el celular... es intermitente. Y este, tan necesitado que se ve, a lo mejor resulta buen tipo. O al menos buen catre. Y en todo caso, si las opciones son entre el gringo que le voy a conseguir acá o el Yovani Albeiro de allá, más vale pájaro en mano (y ojalá tenga buen pájaro).

Qué hay por la pecera? Ya volvió la Foca? Saludes a los pescados.

Cris.

From: Asociación de Exalumnas
To: cristinamejjias@hotmail.com

Querida exalumna:

Como es tradición desde hace 35 años, tu Gimnasio Guayacanes celebrará el día de puertas abiertas para dar inicio a este nuevo año académico que Dios nos regala.

La actividad se desarrollará este martes 6 de febrero en la sede del Gimnasio y tendremos el siguiente orden del día:

11:30 a.m. Bienvenida a las exalumnas. Palabras a cargo de María Emilia Piedrahíta de Trujillo, rectora del Gimnasio.

12:00 m. Misa de acción de gracias, presidida por su excelencia Monseñor Bonifacio Benjumea Bustamante.

1:00 p.m. Almuerzo campestre (las alumnas de los grados noveno, décimo y once prepararán postres caseros para la venta, para financiar la excursión y la fiesta de prom de las niñas de once).

2:00 p.m. a 4:00 p.m.: Actividades lúdicas:

Danza "el mapalé", a cargo de tercero de primaria

Obra de teatro "Las convulsiones", a cargo de quinto y sexto

Presentación de la tuna del Gimnasio.

Bono de apoyo: $40.000, para la Asociación de Padres de Familia.

Esperamos a nuestras siempre queridas y recordadas exalumnas. Será un reencuentro maravilloso. Si deseas venir acompañada de tus hijas, sobrinas, primas... ésta es la oportunidad para que nuevas generaciones empiecen a familiarizarse con el espíritu de nuestro Gimnasio.

Contamos con tu asistencia.

Isabelita Restrepo de Gutiérrez
Presidenta de la Asociación de Exalumnas
Gimnasio Guayacanes

Domingo

Se levanta a las 6:00 a.m. Es el día de dormir hasta tarde pero no quiere que la tormenta la atrape en el apartamento. La clave para convivir con extraños sin enloquecer es ser invisible. Desaparecer para no hastiar. Se lava el pelo y cuando ya tiene champú en la cabeza cae en cuenta de su error. No puede prender el secador a esta hora porque despierta al niño. No puede salir a la calle con el pelo mojado porque se le congela. Mierda. Sale de la ducha, se envuelve la toalla como un turbante, se viste y va como taxista paquistaní a la cocina. Toma un café con leche y un buñuelo. Prepara dos sánduches de jamón, queso, lechuga y mostaza y los guarda en su morral, al lado de una pera y una botella de agua. Desbarata el turbante y se pasa la toalla por el pelo para tratar de secarlo. Se pone chaqueta bufanda gorro guantes botas buzo y saco azul. Ensaya un gorro adicional. Sale antes de las 7:00, sin hacer ruido.

La calle ya está cubierta de blanco. Techos, carros, escaleras. Pensó que iba a estar más frío. Mira el termómetro: treinta y dos grados Fahrenheit. Recuerda los ejercicios de cálculo mental que hacían en el colegio. Camina cuatro bloques hasta el metro. La estación está casi vacía. El kiosco del Hudson News está abierto. Ojea la primera página del *New York Post*. Traduce. Habla sobre la tormenta de nieve.

Espera veinticinco minutos el tren. Toma la línea 7, la morada. Hay metro, porque siempre hay metro, pero seguramente por la tormenta o la falta de clientela bajaron la frecuencia de las rutas. Le duelen las orejas. Se quita el gorro. Tiene un poco de escarcha. Desde el metro se ve mejor la tormenta. Blanca Navidad, aunque ya está terminando enero. No se ven ni el Chrysler Building ni el Empire State. Todo está cubierto por una enorme telaraña de frío.

Se baja en Grand Central y toma la línea verde, el tren 4, hasta el City Hall. En el vagón duerme un mexicano que se ve que acaba de terminar su turno de trabajo. No hay nadie más. Podría subirse alguien y violarla, o golpearla por ser extranjera. El mexicano ni se daría cuenta. Parece muerto, aunque a ratos ronca. El metro se detiene, abre sus puertas, pero nadie entra. Varias estaciones después, sale del vagón y sube las escaleras. Parece un topo descubriendo la superficie. Aunque no está prohibido transitar, es como si la policía hubiera ordenado evacuar las calles. Sólo se ve la nieve que cae en silencio. Un taxi cruza despacio, con las luces encendidas. Al fondo se oye una sirena. Hay una farmacia abierta. También un 7-Eleven y un McDonald's sin clientes. Tormentas las del trópico, con rayos, truenos, tempestades y el cielo negro que se rompe a fogonazos. En la radio colombiana de antes, para lograr el sonido de las tormentas, agitaban láminas de zinc. Esto es otra cosa. Una anestesia muda, ingrávida, que mimetiza todo.

Cruza la calle. En el andén, la nieve ya le tapa las botas. Llega a Starbucks. Compra un café *latte* grande y se sienta junto a la ventana. Al frente, en diagonal, el puente de Brooklyn. Saca *Dubliners,* se pone las gafas y empieza a leer. Primera página: The Sisters. Piensa que pueden ser dos hermanas o muchas. Todavía no se sabe. Cristina no tiene hermanos."I knew that two candles must be set at the head of corpse". *Corpse* está subrayado. Busca en el diccionario. "Cadáver". Se acuerda del Muerto. Se regaña por pensar en el Muerto. A diario tiene batallas mentales intensas. Las cosas más interesantes de su vida ocurren en su cabeza. Piensa argumentos y luego se responde. Arma peleas imaginarias con la Foca, con el Muerto. Discute en español y últimamente en inglés. Consigue amantes y luego los abandona con cartas larguísimas de las que escribe en la cabeza cada párrafo y luego las edita. Claro que en su cerebro no sólo hay espacio para las peleas. Conversa con la Monita, con Thomas, o planea cómo gastarse la Mega Millions, que esta semana tiene un acumulado de ochenta y cinco millones de dólares. Primero imagina cómo cobrarla. Como no tiene todos sus papeles en regla, tendría que entregarle a alguien el billete para que se la cobre. Podría ser a Elizabeth. O a Thomas. Mejor a Thomas, dejaría de verla como una pobre-niñita-inmigrante-ilegal. Por cobrar el billete le pedirán una comisión. Puede ser el cincuenta por ciento, no importa. Que le queden cuarenta millones, menos impuestos, son por ahí veinte. O diez. Con diez millones de dólares podría comprar un apartamento en Manhattan, frente al Central Park. Le gusta la zona del Dakota, el edificio donde vivía John Lennon, que le compuso una canción a su hijo que dice "La vida es lo que te sucede mientras estás ocupado haciendo otros planes". ¿O no? No sabe cuánto cuesta un apartamento en Manhattan. Quizás no alcanza. Pero sí en Brooklyn. Compraría un apartamento con dos alcobas: una para su mamá y otra para ella. Que tenga estudio y chimenea. Lo que quede lo dejaría para pagar las deudas de su mamá, y si alcanza, haría un viaje con ella a Europa. Es posible que su mamá sugiera que es mejor comprar el apartamento en Colombia y regresar. Con diez millones de dólares, en Colombia tendría la vida resuelta. Es otra opción. Alcanzaría no sólo para ir a Europa sino también a China, o a un safari por África. En la clase de inglés hay una compañera africana que se llama Evarista, que desde su casa de allá ve todos los días el Kilimanjaro. ¿Qué será mejor: un apartamento en NY o uno en Bogotá? Piensa en los pros y los contras. Empate. Depende. Si el de NY es en Queens, no vale. Queens es lo feo de NY. No sale en las películas. Los gringos no viven ahí. Es como un rompecabezas de barrios que son réplicas del resto del mundo. Del mundo pobre. Emergente. Es como

29

si soñara con un apartamento en Bogotá y le tocara comprarlo en el sur, por allá en Usme. En todo caso, si se gana la lotería también compraría un computador portátil. E iría a un restaurante famoso, de los que quedan por el SoHo o Greenwich Village, alguno de esos de varios tenedores que reseñan en *Time Out*.

Entra una pareja y se sienta al otro extremo del café. Los carros que están parqueados en la calle de al lado ya no se ven. Son bultos. La nieve no cesa. Un muchacho joven, muy gordo, se dedica a palear. "Palear" significa echar pala para sacar los carros que se quedan enterrados bajo la nieve. Hay que palearlos antes de que la nieve se vuelva hielo.

Pide otro café. Regresa a *Dubliners*. ¿Quién puede aprender inglés leyendo a Joyce? A dos bloques hay un New York Deli. Mira hacia la calle: salir o no salir, esa es la cuestión. Nadie la está echando y nadie le pide consumir, pero no puede evitar sentir pena de pasar cuatro horas en la misma mesa con un consumo de apenas seis dólares, y sin dar propina. Las taras de culpa que padece el resto de su vida alguien que recibió una educación religiosa en su primera infancia. Claro que los cafés que pidió son grandes, inmensos; acá no venden café en pocillos de tinto, sino en vasos desechables como para jugo. Aguanta hasta las doce. Sale. Caminar es más difícil de lo que calculó. Al menos no está venteando y por eso el clima es soportable. Entra al New York Deli. Pide un *hot chocolate*. Extraña el chocolate de verdad verdad, con molinillo y en chocolatera, hecho con panela. Se sienta al fondo, en una barra que da a la calle, de espaldas a la cajera. Saca su sánduche. Come rápido. No sabe si puede consumir ahí cosas traídas de su casa. Arruga la servilleta en el bolsillo. Mira para atrás. Nadie la vio. Nadie la ve. Nadie se ha dado cuenta de que está ahí. Es invisible. Se notan más los carros cubiertos por la nieve.

Viernes

Los hermanos Jones viven en el *basement* de un edificio desvencijado, cerca del Jardín Botánico de Brooklyn, a dos bloques de Washington Avenue. *Basement* se dice "beisman" y es como un sótano, pero un sótano habitable. Acá casi todos los edificios y casas tienen *basement*. Los usan para guardar las herramientas, la ropa de otras estaciones, los adornos que le cuelgan al pino que ponen de árbol de Navidad, las lámparas dañadas para arreglar un día de estos, cosas viejas. Pero también, en algunos casos, los adecúan para vivir. Son más baratos que un apartamento normal, y a veces hasta más grandes. Lo malo es que hay que usar bombillo todo el tiempo porque no tienen ventanas a la calle. Y a veces se encierran los olores. Joaquín, el argentino que estudia inglés con Cristina, vive en un *basement* en el Bronx y dice que el problema son las ratas. También, si llueve mucho puede inundarse y si baja mucho la temperatura el agua en las tuberías se congela y se tapan. Y pueden ser muy fríos. Pero el *basement* de los Jones está en buen estado y no tiene ratas. Sólo cucarachas neoyorquinas, que son más chiquitas, pero más numerosas que los gatos. E igual de inmortales que las demás.

Belinda Jones es enfermera y su hermano Rick estudia música en el Lincoln Center. En la alcoba de Rick hay una batería y un teclado. Duerme en un sofá cama de tela gruesa que tiene los brazos descosidos. Cristina un día buscó aguja e hilo para coserlos pero no encontró. "Aguja" se dice *needle*. El cuarto de Belinda es más pequeño, con una cama sencilla. La pared está decorada con su diploma de enfermera. La cocina tiene una barra que sirve de

31

comedor y sobre la nevera está el televisor. En la nevera hay fotos de Rick y Belinda pescando en un lago con sus padres, que aún viven en Maine, y otras con amigos del colegio o familiares. Cristina no sabe.

Recoge agua en un balde, echa jabón, hace espuma y con un trapo limpia el sofá cama de Rick. Es de color mugre y guarda olores inclasificables. Cada ocho días repite ese ritual, así como el de recoger del piso hojas sueltas de partituras y ponerlas todas dentro de una carpeta, aunque le sea imposible descifrar el orden correcto. Quizás al reorganizarlas esté creando una propuesta musical de vanguardia. Luego recorre el cuarto con una bolsa y echa ahí un paquete de papas vacío, una bolita de chicle, una lata de cocacola, una tapa de cerveza, el empaque de un condón. Encuentra tres *pennies* y los junta con los *dimes* y "cuoras" que hay en un cenicero sobre la mesa de noche. Observa el cenicero. Saca las monedas, echa en la bolsa dos colillas, limpia la ceniza y vuelve a poner ahí la plata. Hay más de dos dólares. "Moneda" se dice *coin*.

El espacio de Belinda es mucho más rápido de limpiar. Además, no está entapetado. La cama siempre está hecha, así que Cristina sólo sacude el polvo del diploma y luego mapea el piso. Mapea, del verbo "mapear": yo mapeo, tú mapeas, él mapea. Viene del inglés *mop,* que se pronuncia "map" y significa trapeadora. Hace meses que Cristina no trapea.

Por último, el baño: pequeño, frío, de baldosín verde oscuro. Pasa un trapo por el lavamanos y el inodoro. Se hinca para lavar el piso de la ducha. La ducha gotea. Hace un mes Cristina les dejó una nota a los Jones en la que les indicaba que la llave de la ducha tenía un escape y debían llamar al plomero porque de lo contrario la factura les iba a llegar muy cara, y porque además el ruido constante de la gota cayendo en la ducha es molesto y hasta debe afectar la concentración del músico cuando está estudiando las partituras o componiendo, aunque Cristina no sabe si Rick compone. Eso fue lo que pensó, pero lo que pudo escribir fue más simple: "Drops of water in the shower. Check it".

Martes

Elizabeth les pide que formen parejas y cada uno le cuente al otro quién es, de dónde viene, cuánto lleva en NY, dónde vive y qué hace. Luego cada pareja debe pasar al frente y presentar al compañero. Cristina habla: Este es Alessandro, nació en Nápoles, tiene veintiún años, es estudiante de Historia en la Universidad de Salerno. Todos los días después de nuestra clase, Alessandro toma el metro hasta Battery Park y allí aborda alguno de los barcos de turistas que van a la estatua de la Libertad. Él no va hasta la estatua sino que se queda en Ellis Island, en el Museo de la Inmigración, porque está haciendo su trabajo de grado sobre las familias italianas en Nueva York antes y después de la Gran Guerra. Vive en Brooklyn con unos tíos y planea regresar del todo a Italia en el verano. Lo de la tesis fue una excusa que se inventó para poder pasar una temporada en NY.

La profesora corrige la pronunciación de *immigration* y *statue*. Dice que Alessandro madruga mucho porque va a su investigación "antes" de la clase. Cristina aclara: No es *before* sino *after*. *Sorry*. Aplausos del grupo.

Alessandro habla: Ella es Cristina. Es muy bonita. Chica latina. Ella viene de Colombia, Sur América. (Escribe "Colombia" en el tablero). Miren, es con "o". "Colombia", no "Columbia". Si fuera de Columbia no estaría acá con nosotros. Ella tiene treinta y uno. Estudió leyes. Es mesera en un restaurante. Vive en Queens. Quiere cambiar a otro trabajo. Ella está aquí desde noviembre y no sabe cuándo va a regresar. *Maybe yes maybe not*. Ella está soltera. No tiene hijos.

Elizabeth le pregunta a Alessandro si Cristina tiene treinta y un gatos, trabajos o hermanos. Alessandro explica que años y Elizabeth corrige: "She is thirty-one", no "she has thirty-one". Además, si le parece linda, entonces no es *waiter* sino *waitress*. Alessandro no entiende; algunos compañeros se ríen. Cristina le explica:"I'm not a man". Alessandro sonríe: "OK, OK, I'm not gay". Elizabeth replica: "I do, what's the matter? OK, OK". Aplausos de los compañeros. Pasa otra pareja.

Al final de la clase, Elizabeth repite la actuación con la que los hizo reír en la primera clase: camina muy despacio, mueve las caderas y apoya los codos en su pupitre. Como gata en celo, susurra: No es el francés sino el inglés la lengua más *sexy* del mundo. No es *sexy* hacer sonidos con la garganta. Grrrr gggrge, gárgaras como las que hacía Edith Piaf. *Sexy* es poner la lengua entre los dientes, abrir un poco los labios y decir "The This That Those White Teeth Mouth Lips happy birthday Mr. President, Red Hot More Yes". Y consigan amante. Novio, compañero, amigo, marido, lo que sea. Tener un interés sentimental es la vía más rápida para aprender otro idioma. Nos vemos mañana.

En el lobby del hotel, Joaquín, el compañero de clase argentino, alcanza a Cristina. ¿De verdad estás buscando laburo? Si querés mañana traigo el dato de una agencia en donde consiguió Irene. Mi mujer. Cristina piensa "Este también es casado", pero responde ¿En qué trabaja ella? Mesera, como vos. Les va bien con las propinas, ¿no? Sí, bien. Me interesa el dato. Gracias. No, por favor, no hay por qué.

Es martes de Miss Smith. Son las 10:00 a.m. y debe estar más allá del Upper West Side a las 2:00 p.m. En realidad, no tiene que ir a las 2:00. Podría ir a la 1:00 o a las 4:00 y Miss Smith no lo notaría. O eso cree. Casi nunca se ven. Por una correspondencia que le recogió en la portería descubrió que es instructora en el Dharma Yoga Center de la 23 entre Sexta Avenida y Broadway. Vive sola y Cristina a veces se pregunta para qué la contrató, si el apartamento siempre está limpio, con poca basura para recoger. Es posible que Miss Smith no duerma ahí todas las noches.

Para matar el tiempo recoge *Time Out*, la revista que reparten gratis en el lobby del Pennsylvania. Es una guía del ocio de la ciudad. A Cristina le encanta porque trae tips sobre actividades gratis. Ahora en invierno hay menos, porque todo es *indoors*, pero a veces encuentra planes a su alcance.

Con la revista en el morral va hasta el metro. Línea N. Sólo una estación, hasta Times Square. Podría haber caminado pero el frío es brutal. Chica latina no está acostumbrada a este viento. Si se enferma, se jode. No hay a quién cobrarle una incapacidad.

Sale del metro, sube por la escalera eléctrica. Ya aprendió a hacerse al lado derecho para darles paso a los que tienen afán y suben caminando. Arriba, en la superficie, la escalera vomita gente hacia las luces y las pantallas. La banda sonora de Nueva York son las ambulancias. Y el pito de los taxis amarillos, enormes. "Taxi" se dice *taxi*, pero también se dice *cab*. Son tantos y tan omnipresentes que hace tiempos les hicieron una película: *Taxi Driver*, con Robert De Niro. Es sobre un tipo que fue militar y queda un poquito rayado, como todos, y entonces sufre de insomnio y se pone a manejar taxi por las noches. Hay varias balaceras y un final muy violento. Otra película en NY sobre otro tipo también medio raro es *Tootsie*, con Dustin Hoffman, aunque esa es una comedia con final feliz. "Soy un hombre, pero también una actriz" dice él en un momento en el que actúa de él y no de ella. Desde que llegó, Cristina no va a cine. Los hay por todos lados, pero cada entrada cuesta más o menos diez dólares. Mucha plata.

Camina un bloque, de Broadway a la Octava. Esta puede ser la cuadra que más ha caminado desde que llegó. Enseguida del Museo de Cera queda Easy Internet Cafe, el

más barato de la ciudad. Son dos pisos con más de ocho-
cientas pantallas de computador. El sitio vive lleno por
quedar en Times Square y al lado del terminal de buses.
El éxito consiste en que no tiene una tarifa fija por minutos u horas, como los otros, sino que en una máquina dis-
pensadora se introduce un billete que arroja un *ticket* con
un número. Se ingresa el número al computador, se digita
la clave que el usuario quiera y empieza a navegar. El tiempo varía, dependiendo de si hay muchos clientes o muy
pocos. Cristina aprendió a encender el computador y escribir primero en Word, sin entrar a internet. Escribe todo
lo que quiere. Luego ingresa su clave, entra a Hotmail,
copia y pega el texto, lo envía y en la operación tarda menos de treinta segundos. Después revisa los correos que ha
recibido, que deja para contestar en la siguiente visita. Con
esta técnica, un dólar le puede alcanzar para tres o cuatro
visitas. O más. Su clave para internet es la misma del mail:
"saudade". Era "morriña", pero la tuvo que cambiar cuando llegó a NY porque acá los teclados no tienen eñe.

From: monitalinda1983@gmail.com
To: cristinamejjias@hotmail.com

Mijita, siéntese que le tengo chisme carnudo. Preparada? Se
sentó? Imagínese que a la Foca no le dio varicela. Se hizo
la lipo. Jajajaja. Se supone que nadie sabe. La operaron en la
Clínica Estética del doctor Maldonado, el mismo que le puso
tetas a Catalina, la modelito que trabaja en Protocolo. Hasta
ahora nadie ha visto a la Foca, que yo sepa, pero cuentan
que le sacaron grasa de la barriga para ponerle en las nalgas
y en la boca. Horror!!!. Ojalá el doctor Maldonado al menos le
haya encimado la cera del bigote.
    ¿Será que la Foca tiene tinieblo? Porque si no, para que
se va a operar... o ¿qué cree usted? Analice y me cuenta. En
todo caso si la Foca tiene quién le caliente los pies por la

noche significa que hay hombres más necesitados que Yo-vani Albeiro.

Hablando del tema, seguí su consejo. Fuimos a almorzar la semana pasada, a Sazón y Sabor, el corrientazo que queda acá a la vuelta. ¿Se acuerda? Lo maluco fue que nos encontramos con media pecera, pero ni modo. Bueno, eso fue un día, pero al día siguiente volvió a llamar a las 12:05, que si almorzábamos otra vez, y ya se volvió habitual. Ayer incluso fuimos con dos de los pescados. A este paso, Yovani Albeiro se me convierte en otro hermanito, con o sin derechos, como Juan y todos los demás. Cómo la ve?

Escríbame, pero no esos mails comunitarios que manda para todo el mundo, sino un correo para mí sola, que bien sola que estoy.

Chao

From: luciasalazar01@gmail.com
To: cristinamejjias@hotmail.com

Hola mi amor

Me alegra mucho recibir noticias tuyas. Muy bueno todo lo que cuentas de los compañeros de clase, de la ciudad y de tus progresos con el inglés. Piensa que todo este sacrificio te servirá para más adelante y el idioma te va a abrir muchas puertas.

Cuéntame cómo va la convivencia con los Giraldo. Casi no los mencionas. Cada vez que voy a la peluquería, Susana me pregunta por ti y me dice que Rosario cuenta que eres muy juiciosa, muy colaboradora y que casi no se ven; que te ha invitado para que conozcas gente de la colonia colombiana pero que tú cuando no estás trabajando estás estudiando y que vas muy bien con el inglés. Acuérdate de ser muy agradecida con ellos que te dan la oportunidad de estar allá, una experiencia que muchas jóvenes de tu edad quisieran.

Acá estamos muy bien. Las cosas en la inmobiliaria están un poco quietas, pocos compradores, pero ahí me bandeo.

Acuérdate que este sábado es el aniversario de tu papito. Yo mandé celebrar una misa y van a venir las tías.

Cuídate mucho, abrígate y aprovecha para conocer sitios lindos y gente interesante.

Reclamé el giro, todo ok. Muchisisisisisimas gracias por toda tu ayuda.

Te quiero mucho.

The Mother Happy.

Sale del café internet y camina hasta la Séptima. Se hunde en la estación y toma la línea roja hasta la 103. Sube a la superficie. Poco movimiento. Camina hasta el apartamento de Miss Smith. Entra a la cafetería que hay al frente, pide un café con leche y se sienta en la barra junto a la ventana. Saca de su morral el sánduche, almuerza y toma su café mientras mira la ventana del cuarto piso. Todo quieto.

A las 2:00 se levanta, sale de la cafetería, cruza la calle y entra al edificio. Pide el ascensor y marca el número cuatro. Kim dijo un día en clase que en Corea los edificios no tienen piso cuatro, así como en América no tienen piso trece. Es de mala suerte. Cuando Kim se presentó por primera vez en el salón, Evarista preguntó de cuál Corea era y Elizabeth la recriminó: ¿En qué mundo vives? Es más fácil encontrar al hijo de Lindbergh que a una persona de Corea del Norte en esta clase. Entonces, Mohammad el iraní preguntó que quién es Lindbergh y Elizabeth, con la paciencia de Job, dio una pequeña clase sobre los refranes y explicó que no siempre hay que entender todo en sentido literal, sino figurado. Si alguien habla de un árbol torcido, no hay que pensar en colgarle un columpio. Hay dichos que hay que aprender: *He bought the farm* significa que alguien se murió. Cristina reflexiona: *He bought the farm* traduce que "él compró la finca". No hay pistas para intuir que luego se murió. Nunca podrá acercarse al inglés sin dudar. Siempre sospechará que lo que entendió puede tener un sentido distinto. Aprender otro idioma es arriesgarse a la incomunicación o al equívoco. Avanzar con la seguridad del ciego. O al menos del miope.

Abre la puerta y se quita chaqueta bufanda a cuadros gorro guantes botas buzo y saco. En la cocina no hay platos para lavar. Pasa una toalla húmeda por el lavaplatos y por el microondas. Abre la nevera: peras, jugo de manzana, yogur, leche, huevos. Inventa un refrán: más raro que yuca en nevera gringa. En la alacena, cereal, pan integral, mantequilla de maní y un tarro de nutella. Lo abre, pasa el dedo por la tapa y se lo chupa. Cierra y deja todo como estaba. Casi.

En el baño limpia el lavamanos, toma la crema dental y aprieta el tubo de abajo hacia arriba. Acumula la crema en la parte superior. Lo guarda. Saca la bolsa de basura de la papelera para cambiarla por una vacía. Se le atora y se rasga. Cae un tampón. Siente asco. Lo recoge, lo bota y cierra la bolsa con un nudo. Pone una bolsa nueva. Abre el agua caliente de la tina, acumula un poco en el fondo y la lava. Limpia el vidrio de la cabina con papel secante. Saca una toalla nueva y deja la que está en el baño en la canasta de la ropa sucia.

En el cuarto, la cama está tendida. Hay algunos papeles, revistas y lapiceros encima de la mesa de noche. Toma un cortaúñas y lo guarda en el cajón del nochero. Curiosea adentro: hay un libro que se llama *Deja que los ángeles sanen tu alma*, y otro sobre reiki. También una foto de Miss Smith sentada en una banca de un parque, con su papá y su mamá. Detrás dice Londres, julio de 2012. Miss Smith se ve más joven que Cristina.

Guarda la foto y ve otra caja pequeña, la abre, es un vibrador. Lo saca: es del tamaño de un dedo. Rosado pálido. Lo huele. No huele a nada, está limpio o nuevo. Lo guarda, cierra el cajón, templa el ropón de la cama y va a la sala. Junto a los dos billetes de veinte dólares hay una nota que dice: "Cristina, por favor cambiar el agua de las flores". Cambia el agua y les echa una pizca de azúcar, como le enseñó su papá. Por este servicio adicional merecería una propina. Se pone chaqueta bufanda gorro guantes botas buzo y saco, toma la bolsa de la basura de la cocina y la más pequeña, la de la papelera del baño. Sale, lanza las bolsas por el *shut* y baja a la calle.

Es temprano. Decide tomar el bus en vez del metro. Camina dos bloques hasta el Central Park. Mira en el paradero: faltan siete minutos para que llegue el bus. Se sienta al lado de un señor que debe pesar más de ciento cincuenta kilos y camina con caminador. Otro anciano negro, en silla de ruedas, espera acompañado de una enfermera que parece rusa o polaca. A la hora en punto el bus parquea. El conductor se baja para ayudarle a la enfermera a subir en la rampa eléctrica la silla de ruedas. Luego, el señor gordo sube también por la rampa. Cristina se monta de última, pasa su metrocard y se sienta junto a la ventana.

Treinta bloques más tarde reconoce Strawberry Fields en el Central Park y limpia el vidrio empañado para ver mejor el edificio Dakota.

Miércoles

Elizabeth llega al salón con grabadora y anuncia: Hoy vamos a aprender una canción. Pone el CD y escuchan la canción completa, por más de dos minutos. Termina y pregunta: ¿quién quiere contarnos la historia de la canción? Silencio. ¿Qué pasa? ¿No les gusta la música? Sonrisas. ¿No entendieron la letra? Saquen papel y lápiz, vamos a copiar la canción. Empieza otra vez, línea uno. Pausa. Escriban lo que entendieron. Si no entendieron bien, escriban cualquier cosa… ¿a qué les suena? Si no entienden una palabra, dejen el espacio en blanco. Línea dos. Repite la línea dos, línea tres, bis, línea cuatro. Ahora vamos a oír la primera estrofa completa. ¿Listos? Vamos a cantar:

In a tavern, in a canyon
Excavating for a mine
[…] a miner forty-niner
An his daughter Clementine.

Muy bien… Alguien que salga al tablero y copie la estrofa. Mohammad va. Se demora una eternidad. Le cuesta escribir de izquierda a derecha. Parece que su dificultad mayor consiste en hacer las letras y no en entender la canción. En el espacio en blanco que dejó Cristina, Mohammad escribió *Dwelt* y en vez de *tavern* va *cavern*. Tiene más sentido.

La profesora lo felicita, aplausos de la clase y ahora más de veinte adultos cantan juntos otra vez. Viene el coro: *Oh my darling, oh my darling, oh my darling Clementine…*

Esta es una canción infantil muy conocida acá en América. Elizabeth no dice "Estados Unidos" sino *America*. La cantan las mamás y las nanas a los bebés. Kim sugiere que podrían mejor aprender una de Amy Winehouse, de U2, de The Who… Algo más "adulto". No me adelanten el futuro. Hoy es hoy. Hay que ir paso a paso. Ustedes son bebés aprendiendo inglés. Yo les entiendo lo que dicen, como una mamá entiende el balbuceo de su hijo. Vean televisión infantil: Barney, Baby TV, Discovery Kids, Disney Channel, NatGeo Kids, programas para los niños que son ustedes. Amy Winehouse cuando estemos en nivel ocho, Kim.

Tarea: a partir de mañana, todos los días alguien va a pasar al frente a leer uno o dos párrafos de algo que haya escrito. Cualquier cosa que le llame la atención de la ciudad, del metro, del trabajo, de la casa. No importa qué, pero tienen que escribir algo sobre un tema que los demás podamos comprender. Todos deben traer su tarea. Nos vemos mañana.

Cristina guarda sus cosas en el morral y alista su metrocard. Joaquín le entrega una dirección. Para lo del laburo. Vas, decís que querés inscribirte. Allá te dan la información. ¿Cuánto vale? No sé a cómo esté ahora, Irene consiguió hace más de un año. Vale, gracias. No hay por qué.

Toma el metro, línea N, amarilla, hasta la Calle 8. Tiene un plan: hoy va a hacer que le coja la noche para que Thomas la encuentre en el apartamento y así por fin pueda conocer al papá de sus hijos. Decide entonces janguear sola, si eso es posible. "Janguear", de *hanging out*, que es caminar por ahí perdiendo el tiempo con los amigos. A ella le toca janguear sola. Camina hacia Washington Square, que es donde empieza la Quinta Avenida. De aquel vecindario que describió Henry James en su novela quizás quedan sólo el arco de mármol y los edificios, pero el entorno, si lo viera James, parecería de una película de ciencia ficción: cantidades de estudiantes de la Universidad de Nueva York, hombres y mujeres, conectados a sus pantallas, a sus celulares y escuchando música en sus iPods. Casi no hablan entre sí. En las bancas del parque, algunos desafían el frío con café y cigarrillos. Junto a la fuente de agua, un trompetista toca jazz y en la caja del instrumento se ven algunos billetes y monedas. Cristina lo oye durante un buen rato pero no le deja propina. En su billetera hay menos dinero del que ya logró ganar hoy el músico, y ni siquiera es mediodía.

La Universidad de Nueva York funciona en varias cuadras, en edificios y casas viejas de tres y cuatro pisos, adaptadas como departamentos de investigación u oficinas administrativas. A través de las ventanas, Cristina ve gente hablando por teléfono, escribiendo en computador. Los ve allá, adentro, y piensa en la Pecera. Trabajar ahora consiste en abrir archivos, crear carpetas, copiar y pegar, enviar correos, hablar por el celular, chatear. Quizás los médicos hacen otra cosa, los odontólogos, o su papá, que era agrónomo. Pero los abogados, los oficinistas, las secretarias, los economistas, los estudiantes, los periodistas, los académicos, los funcionarios públicos, todos hacen lo mismo. El computador no es la extensión de la mano o el cerebro. Es su sustituto. Los oficinistas autómatas son una raza transnacional.

Camina por el vecindario hasta volver a Washington Square. Abre su morral y se come una pera. Intenta leer otra página del libro de Joyce. Saca las gafas que usa desde hace ya casi diez años. Había empezado a pegar los ojos a las páginas de los libros o al televisor sin darse cuenta. Fue su papá quien lo notó. El médico recomendó una cirugía ambulatoria pero a Cristina le da terror pensar que en el momento en que el rayo láser apunte a su ojo ocurra un temblor de tierra o pase algún cataclismo que la deje ciega. Las gafas son más seguras, así no sean bonitas. Se pone las gafas y con la bufanda se cubre la nariz. Al instante se empañan. No ha aprendido a conjugar gafas con invierno. Un estudiante se sienta a su lado. Parece de veinte años. Ella limpia las gafas, lo observa y hace planes: preguntarle la hora es siempre una buena opción. Pero si lo hace, él notará que ella no tiene celular. Piensa otra estrategia: ¿estudias en la universidad? Muy obvia. Vuelve entonces a Joyce para preguntarle al joven sobre alguna palabra difícil, pero apenas empieza a redactar en su mente la pregunta en la forma correcta, pensando si debe usar *do* o *does* o ninguna de las dos, él se va.

Cierra el libro y observa las palomas. Recuerda a su papá, que cuando estaba pequeña la llevaba a la plaza de Bolívar y compraban maíz para alimentarlas. Hay fotos de Cristina a los cuatro años rodeada de cientos de palomas, que se elevaban cuando ella salía corriendo para espantarlas. Acá está prohibido alimentar a las palomas. Eso explicó Elizabeth en clase. Cuando ella preguntó por qué, Elizabeth la miró con cierta exasperación y respondió: ¿No te parece suficiente con las ratas del metro?

Guarda a Joyce en su morral y saca *Time Out*. Descubre que a pocos bloques queda Strand, la librería de libros usados más grande de Nueva York. Se alegra, ya tiene plan. Está en Broadway con 12, en una esquina. Guarda las gafas y se pone en camino. La reconoce desde antes de llegar porque afuera de la librería, en la calle, hay mesas con libros en promoción: todo a un dólar. Ojea. Hojea. Traduce. No conoce prácticamente nada. Necesitaría muchas vidas para poder leer todo lo que le interesa. Y eso sin pensar en releer. Entre las montañas de textos, lo ve: *Dubliners*, James Joyce, un dólar. Mierda. *Shit*. Se consuela pensando que su edición es más bonita.

Se abre paso entre los fumadores que están en la puerta y entra a la librería. Hay una máquina registradora al ingreso, como en las busetas. Se ve que es un sitio turístico porque venden camisetas, botones, bolsos, vasos y todo tipo de recordatorios con el nombre del sitio. Acá hasta en las iglesias famosas hay sección de *merchandising*. La librería es grande, pero más que grande está atiborrada de libros, del piso al techo, en anaqueles que parecen de biblioteca. Hay escaleras de pintor para subir hasta los estantes más altos. Un cartel indica dónde están los libros de Derecho, pero no le interesan. No le interesaron en español, mucho menos en inglés. En una mesa central, libros especiales para "él" y "ella", porque se acerca San Valentín. Curiosea. Basura. El amor está sobrevalorado. Se acuerda del Muerto. Huye. Descubre en cambio un *basement* y eso le parece más atractivo. Desciende y se abre ante ella otro océano de libros, más amplio que el del piso superior. Deambula, janguea, hasta la sección de libros de fotografía. Alabado sea: algo que puede entender sin traducir. Fotos de guerra, fotos de paisajes, de arquitectura, retratos, desnudos, libros de Taschen, de países. Saca sus gafas. Toma un libro de grafitis: imágenes de "Yankies go home" en muros de más de doscientos países. Cada foto ocupa una página y, abajo, en letra pequeña, están el lugar y la fecha de la foto. Las que están escritas en alfabetos distintos del occidental tienen además la idéntica traducción de "Yankies go home". Verifica: todas las nacionalidades que hay en su clase de inglés están presentes en el libro.

Coge otro libro de grafitis. Fotos en blanco y negro en Estados Unidos. En *America*, diría Elizabeth. El metro es subterráneo en Manhattan y entre estación y estación las paredes están llenas de grafitis, pero no son leyendas sino imágenes. Arte urbano. Cristina siempre piensa en quiénes los hicieron, en semejante oscuridad, con las ratas rondando y el metro pasando veloz a centímetros de la pared. Los grafitis de este libro no son dibujos, sino leyendas, textos: "All pain and still no gain". Saca su cuaderno y escribe *gain*. Sigue leyendo: "All you need is love, all you want is sex, all you have is porn". Sonríe. "La educación es como una erección, si la tienes, se nota". Reflexiona. Disiente. Si un inmigrante obtuvo su educación allá y no acá, no cuenta, no se nota.

Camina hacia la sección de *"Foreign languages"*, la suya. Libros en todo tipo de idiomas. Se entretiene viendo textos en árabe, en japonés, en coreano. Le gustan los ideogramas japoneses y chinos. Busca qué hay en español y encuentra varias docenas de textos. Casi todos del *boom*: García Márquez, Vargas Llosa, Cortázar. Todo del siglo pasado. Encuentra un libro de los viajes de Humboldt, con ilustraciones de plantas y flores. Recuerda el herbario que hizo en el colegio, con la ayuda de su papá.

Sale de la librería casi a las 2:00 con rumbo al East Village. En St Marks Place hay un grupo de unos veinte punkeros, casi niños, con sus crestas, piercings y tatuajes. Dos tocan el bajo y los demás cantan con alevosa falta de talento y emoción. Parece que el frío les agarró la garganta. Si Sid Vicious regresara a merodear por la zona, volvería a matar.

Llega al edificio y el portero le entrega *The New Yorker*. Lee: Thomas Murphy. Fantasea: Cristina Murphy. Le gustaría tener dos hijos, niño y niña. Peter Murphy Mejía o Michael Murphy Mejía… No sabe cuál es más bonito, si Peter o Michael. En todo caso, la niña sí se llamará Julie Murphy Mejía. Aunque como acá nadie usa el segundo apellido, serán sólo Peter y Julie Murphy. Quizás sólo Julie Murphy, porque Thomas ya es mayor y a lo mejor no quiere tener dos hijos… Pero podría convencerlo de tener al menos uno. ¿Y si ya tiene? Pues si ya tiene, es un papá muy poco cariñoso porque no hay ni una sola foto de sus hijos en su apartamento. Ni una nota o carta… Nada. Quizás tiene fotos y mails en su computador, pero como es un portátil nunca está en casa cuando Cristina asea y por lo tanto no ha tenido la oportunidad de indagar qué guarda ahí. Lo más seguro es que no tenga y que con tiempo y paciencia lo pueda convencer de al menos buscar a Julie. Julie heredará los ojos lindos y la estatura de su papá, pero el cuerpo con curvas de su mamá. Y hablará español e inglés desde la cuna. Aprenderá a llorar en los dos idiomas. Y a leer, porque no basta con hablarlos, hay que leerlos bien. Habrá que conseguir libros infantiles en español. Y también mudarse de apartamento porque este tiene sólo una alcoba. Ojalá el nuevo también sea en Manhattan y también tenga estudio con chimenea. Cuando Julie visite Colombia le dirán "la gringa". Le gustará la música, como a sus papás, sobre todo el jazz, y a lo mejor se incline por el Derecho, también como sus padres. Podría estudiar en la misma universidad en la que estudió Thomas, que ni idea cuál es pero debe ser buena porque él es buen abogado. Tiene que serlo, con esa biblioteca y esa música que oye. Aunque, si a Thomas le va mejor y si Cristina se consigue un puesto como profesional y empieza a ganar buena plata, quizás puedan mandar a Julie a estudiar a Harvard, o a Yale, o a Duke, aunque Duke es muy lejos. Sería mejor que estudiara en Columbia, que también es famosa y queda en NY.

O a lo mejor no: a lo mejor Julie nunca nazca.

Sube las escaleras, que traquean más que sus rodillas. Es un apartamento viejo que debe valer una fortuna porque en NY todo lo viejo es costoso. Es *cool* vivir en barrios que fueron obreros o de clase media y que ahora adaptan para solteros. Y los obreros que se muden a Brooklyn, porque Manhattan ya no es para ellos. Y si estaban en Brooklyn, que se vayan al Bronx o a Queens. O a New Jersey o a Arizona o a donde les dé la gana. Cheyenne, en Wyoming, es barato incluso para los jubilados. Queda un poco lejos pero pueden seguir viviendo en *America*. Abre la puerta. Entra, se quita chaqueta roja bufanda gorro guantes botas buzo y saco. Estornuda. Noche se esconde.

Va al estudio y revisa qué hay en el equipo. Duke Ellington. Lo enciende y suena *Take the A Train*. Piensa que esa es la línea de metro que debe tomar para ir a la misa góspel en Harlem que vio recomendada en *Time Out*. Es una misa de verdad, los domingos a las 9:00 a.m. La iglesia se llama Antioch Baptist Church, en la 125 con Amsterdam. La reseña dice que los coros valen la pena, se admiten turistas en las bancas traseras, está prohibido tomar fotos y se debe llevar ropa adecuada. También dice que hay que llevar plata para la limosna; la propina por un concierto celestial.

Termina la canción y el CD sigue sonando, mientras ella contempla la foto de Thomas en el brindis con sus amigos. ¿Cuánto tiempo tendrá esa foto? ¿Qué estarían celebrando? ¿Serán familiares o compañeros de oficina? La ropa que tiene Thomas en esa foto ya no existe en su clóset.

Va a la cocina. Saca del morral su sánduche, almuerza y se sirve un vaso de cocacola. Lava el vaso, desocupa la nevera y limpia las bandejas. Vuelve a ubicar en su sitio las cervezas, los huevos, la caja de arroz chino, las dos cajas de lasaña congelada, la leche larga vida y la soda. Acá la gente no dice "gaseosa". Dice *soda*.

Dentro del microondas hay un pocillo con restos de café y encima otro vacío, con una bolsa de té y un frasco con aspirinetas. En la estufa quedan vestigios de una salsa de tomate. Coge una esponjilla, jabón y lava el microondas, la estufa, el lavaplatos y la nevera. Saca la bolsa de la basura y la deja afuera del apartamento, junto a la puerta. Regresa, estornuda, mapea y pasa a la alcoba. Duke Ellington sigue sonando.

Las sábanas están de cambiar, así que busca en el clóset. Deja las sucias en la canasta de la ropa para lavar. Estornuda. Hace la cama, sacude los muebles, el televisor. Abre el clóset y verifica: todo ordenado. Thomas no usa corbatas. Prefiere las camisas blancas o azules, algunas de cuadros, y los buzos de cuello en *V*. Tiene pies grandes, o al menos a Cristina le parece que los zapatos son inmensos. Las camisas también. Sólo tiene un par de tenis, por lo cual hace unas semanas dedujo que no hace ejercicio, y eso le causa enorme simpatía. Ella también prefiere el deporte por televisión.

En el baño encuentra las sempiternas gotas sobre la rosca. Pasa un trapo. Verifica que el baño descargue bien. En la ducha, el jabón tiene un pelo crespo, corto, negro y grueso. Imagina. Lo quita. Tapa el *shampoo*. Mapea.

Revisa el nochero. Hay una linterna, un cargador de celular, un frasco con vitaminas. Un extracto del Bank of America con corte al 31 de enero por 9.737 dólares. Quizás tenga otra cuenta. Sigue buscando. Una factura de teléfono. Revisa: muchas llamadas a un mismo número. Se inquieta. Coge el teléfono que hay sobre la mesa y marca pero antes de terminar cuelga. Anota el número en su cuaderno. Al lado del teléfono, el último ejemplar de *The Village Voice*. Ella también lo lee a veces. Lo reparten gratis. Le gusta.

Va al estudio. Se nota que ha usado la chimenea. Limpia alrededor y echa en una bolsa los restos de carbón y cenizas. Se esmera; tiene tiempo. Trae papel secante, lo humedece un poco y lo pasa por toda la superficie de la chimenea. En un instante está negro y casi desecho. Coge otro cuadro de papel y repite la operación casi una decena de veces, hasta que el papel queda casi limpio. En el colegio, cuando la estaban educando para ama de casa, le repetían que había que limpiar bien todos los rincones, porque incluso esos que están más escondidos Dios los ve. La chimenea reluce, aunque Thomas no es Dios y quizás no note el esfuerzo. O quizás sí.

Contenta, pasa el plumero por los libros, organiza la arena de Noche y abre una lata de comida, pero el gato no se acerca. Estornuda. Sobre el sofá está *Freedom,* de Jonathan Franzen. Ella lo leyó en español. Le gustaría hablar con Thomas de esa familia, esa pareja tan dispareja que son Walter y Patty: él se esfuerza por hacer de su hogar un ambiente acogedor para ella. Cristina podría hacer lo propio con Thomas, acogerlo, tenerle comida caliente y no esas cosas congeladas que come él, conversarle de libros, de música. Ser su compañía en ese apartamento que sólo comparte con Noche. Cristina lo imagina oyendo música en el estudio, leyendo, con una manta en sus piernas y la chimenea prendida, mientras Noche ronronea alrededor.

Cristina podría acomodarse ahí sin estorbar. Ser invisible o no tanto. Como él quiera.

5:30 p.m. No sabe a qué horas llega Thomas pero la mayoría de la gente que trabaja en oficinas sale a las 5:00. Thomas es abogado de una ONG o fundación, no sabe bien, cerca de Wall Street, así que en metro el recorrido no tarda más de quince o veinte minutos. Debe estar por llegar. Va al baño y se arregla. Saca del morral brillo y rubor. Se peina. Se lava las manos con el jabón del lavamanos para que no huelan a detergente. Regresa al estudio y revisa los CD. Encuentra a Nina Simone y la pone. Nunca antes ha oído un CD diferente del que él tiene ya puesto, pero se atreve: es una gran idea que él llegue y la encuentre escuchando buena música. Sería una señal para que él se entere de que las niñitas inmigrantes ilegales no son estúpidas.

Con la música encendida se sienta en el sofá. Saca las gafas y *Dubliners* para matar el tiempo. Nina Simone canta:

My baby don't care for shows
My baby don't care for clothes
My baby just cares for me

A las 8:30 desiste. Está a más de una hora de su casa, en la calle el clima es de menos uno y además tiene que madrugar a clase. Se pone su disfraz de invierno, recoge los cincuenta dólares, lee "Thanks Cristina" y arruga la nota en su bolsillo. No hay chocolate ni dulces. Apaga las luces, pero deja el equipo encendido con Nina Simone. Quizás Thomas llegue pronto y entienda el mensaje.

Lunes

Buenos días, ¿algún voluntario para leer lo que escribieron para la clase de hoy? Evarista se anima y sale al frente. Fui con mi primo y algunos amigos suyos a un bar para ver la final del Super Bowl, que es la final de la liga nacional de fútbol americano. No entiendo por qué dicen que es la final mundial si sólo juegan equipos de *America*, pero mi primo no supo explicarme. Dijo que así hablan acá. En Tanzania no tenemos copas mundiales de ningún deporte. Sí hay equipos de fútbol, del que acá se llama *soccer*, pero no hemos ido a ningún campeonato mundial. El Super Bowl lo ganó el equipo Baltimore Ravens. Yo no entendí las reglas del juego. Son muy rudos. El bar estaba lleno y todos tomaban cerveza. También había mucha comida, sobre todo crispetas y papas fritas. Cuando salimos del bar, había mucha gente en las calles y en el metro y todos hablaban del partido.

Aplausos para Evarista. Elizabeth pregunta: ¿Entendieron? Y ante la respuesta positiva, cuenta: Yo vi el partido con unas amigas en un bar de Greenwich Village. Habría preferido que ganara el equipo de San Francisco. En general, siento simpatía con todo lo de San Francisco porque es muy importante en la historia gay de este país. ¿Conocen San Francisco? Tienen que ir a ver el Golden Gate. Acá en NY se burlan de la gente de California por superficial, porque piensan en las estrellas de Hollywood, o en que en LA no hay metro, pero San Francisco es otra cosa, aunque el metro de allá es más pequeño y sólo funciona hasta las doce de la noche. No es veinticuatro horas como el de acá. No sé si han pensado en eso, en lo bueno que es, especialmente para la gente pobre, que una ciudad tenga metro veinticuatro horas, todos los días del año. Eso es respeto. A esta hora, a cualquier hora, cualquier día de su vida que recuerden esto, el metro de NY estará operando con su sonido característico, esa vibración que se siente en toda la ciudad… En la ciudad de abajo, porque Nueva York son dos ciudades: la de encima y la de abajo, que es donde están las estaciones, las líneas subterráneas, y que es como las venas y la sangre de la ciudad. *Anyway,* me salí del tema; el caso es que a los neoyorquinos nos gusta San Francisco, aunque su metro no sea como el nuestro. Bueno, yo no soy neoyorquina, soy de Michigan, ya les conté, pero con tanto tiempo acá es como si lo fuera. ¿Conocen a Sean Penn? ¿Vieron *Milk*, la película en la que hace de gay? Esa película ocurre en San Francisco. Muestran el barrio Castro, que nada tiene que ver con Fidel Castro, no crean eso los latinos de esta clase. Kim, otro día te explico quién es Fidel Castro, o mejor busca en Wikipedia. ¿Qué otra película han visto de Sean Penn? El que era esposo de Madonna…

Cristina piensa en Sean Penn, en su frente arrugada que parece un pentagrama, en sus canas, y recuerda a Thomas. Deben tener la misma edad, o sea, casi el doble de la suya. Es mejor olvidarse de la parejita y conformarse sólo con Julie.

Termina la clase y baja por la Séptima Avenida cuatro bloques hasta la calle 28. Se anuncia en la portería para Employment Corporation, la bolsa de empleo que le recomendó Joaquín. Sube al segundo piso y lo que ve la decepciona: ella imaginaba una empresa grande, o al menos varios empleados, pero la recibe Yerlín, una dominicana que atiende en un cubículo en el que a duras penas caben un computador y una silla. Cristina sabe su nombre porque está escrito en un dije dorado con letras enormes que cuelga de una cadena gruesa que resalta en su piel morena. La tilde de la *i* tiene tres brillantes rosados. Las uñas son doradas, con decorado. Uñas tan largas tienen que ser postizas. "Uñas" se dice *nails*, como Nine Inch Nails, un grupo que le gusta. Las *nails* de Yerlín no miden *nine inch*, pero a eso aspiran. ¿En qué te puedo ayudar? De pie, al otro lado del mostrador, Cristina contesta: Estoy buscando empleo. Sí, mami, claro; ¿en qué buscas? Me gustaría en una biblioteca, una librería, un museo, una galería, algo así. Yerlín, que hasta ahora ha estado mirando la pantalla del computador, observa a Cristina como bicho raro: ¿Qué tú me estás diciendo? De eso no tenemos acá. Ah… ¿y en qué tienen? Te puedo ofrecer limpiezas, cocinas en restaurantes, cabinas de giros, de llamadas, lavanderías, cajera en supermercado, domicilios, aseo en hoteles y clínicas, lavaplatos… ¿Te sigo diciendo? ¿Tienen de mesera? ¿Qué tal está tu inglés? Bien, estoy estudiando. OK, debes llenar esta aplicación, y cuando la tengas completa la traes con fotocopia de tu carnet de seguridad social, tu *green card*, tu pasaporte y un ID. Cristina traduce: ID, identificación. ¿Qué clase de ID? Cualquiera, amor, cualquiera… Tu licencia de conducción, puede ser. No tengo licencia. ¿No sabes conducir? Sí sé, pero no tengo licencia acá. Eres residente, ¿verdad? ¿Tienes permiso de trabajo? Sí, claro. OK. Entonces traes la aplicación, los papeles que te digo y trescientos cincuenta dólares, y al día siguiente ya estás trabajando.

Guarda el formulario en el morral y sale a la calle. Empezó a nevar. Entra al metro, línea 1, roja, y se baja dos estaciones más adelante, en Times Square, pero antes de ir al café internet entra a un McDonald's para sentarse tranquila en un sitio cálido y poder pensar. Pagar o no pagar trescientos cincuenta dólares, esa es la cuestión.

From: monitalinda1983@gmail.com
To: cristinamejjias@hotmail.com

Quiubo… anda perdida en la Gran Manzana o por qué está tan silenciosa??? Celebró San Valentín??? Acá hablaron de eso en los noticieros por las rosas que les exportamos a los gringos. Le dieron rosas??? Verdad que las que mandan para allá son más bonitas que las que dejan acá? Eso mismo dicen del café, que el que tomamos acá es malo y el bueno lo mandan para allá. Confírmeme pues el dato para yo salir del oscurantismo...

Acá todo igual. Todo el mundo dedicado a hacer campaña porque ya en un mes son las elecciones y, según dicen, el Supremo se puede quemar. Yo no creo porque lleva toda la vida en el Congreso, pero andan nerviosos. El Supremo se reunió con Pluma Blanca, le pidió el apoyo y Pluma Blanca reunió a los jefes para ver cómo se cuadra la cosa. Ayer la Foca nos dijo como quien no quiere la cosa que debemos pasar un listado de 50 personas, con nombre completo, teléfono, número de cédula y puesto de votación, que estén fijas que van a votar por el Supremo. La última vez el listado era de 30, así que la vaina está peluda. Será que puedo anotar a su mamá?

La Foca me pega unos sustos tremendos. Como ahora no es la Foca de antes sino que parece la hermana loba de la Foca, entonces no la reconozco. Pasó de ser la Foca a ser la Loba Marina. Estoy acá en mi cubículo, en el computador, haciendo cualquier bobada, y cuando menos pienso, siento una mirada clavada en la nuca y volteo y ahí está la vieja, detrás del vidrio, vigilando a todos los de la Pecera. Ahora el chisme es que la operación se la pagó un duro que le hace negocios al Supremo. No sé.

Con Yova, mejorando. Es tan feo que me da trabajo pero no importa. Enamorarse es cuestión de ponerle voluntad y yo se la estoy poniendo. Si uno mismo se echa el cuento termina empeliculado, así que en esas estoy. Él sí está derretido. A veces me parece que demasiado. Como intenso. Lo bueno es que un día íbamos por la calle cogidos de la mano cuando pasó Juan y se quedó mirando, alelado. Ese momento ya pagó todo el sacrificio. La venganza es un postre que se come frío.

Bueno, cuente pues de novios allá, qué tal los tipos, me imagino que mucha variedad de ganado, muchas razas, tamaños. Gringos, italianos, franceses, árabes con esas cejas y esa barbita... Yo creo que si algún día voy a la capital del mundo, en el primer minuto en la calle me enloquezco con tanta belleza junta. NY debe ser el lugar del mundo con mayor densidad de belleza masculina por kilómetro cuadrado, o no? Cuente detalles a ver... La quiero bien descriptiva en el próximo mail.

Chaoooooooooo

From: cristinamejjias@hotmail.com
To: luciasalazar01@gmail.com

Hola mamita

Estoy muy bien. Como dices tú, conociendo cosas bonitas y gente interesante. El inglés también va mejorando y la escuela me ha servido mucho.

Mami, fui a una agencia de empleo a ver si me resulta algo mejor porque en el trabajo que tengo no hablo con nadie ni conozco gente y pues esa no es la mejor vía para aprender inglés. El problema es que en la agencia me cobran 350 dólares, y tengo que entregar papeles. Como yo no tengo permiso de trabajo porque entré con visa de turista, sacar un Social Security chiviado y una tarjeta de residente me vale por ahí 80 dólares. Yo a los Giraldo les aporto 400 mensuales, la escuela cuesta 350, la metrocard vale 79 y a ti te mando 200 así que me quedan menos de 100 para cualquier cosa que se pueda presentar. Por eso he tenido que sacar de la reserva de los ahorros de las cesantías que me dieron cuando me echaron de la Alcaldía, pero me da susto que se acaben. Qué opinas? Pago en la agencia de empleo o mejor espero? Qué me aconsejas?

La agencia me la recomendó un compañero de clase. Dice que la esposa consiguió trabajo ahí.

Un besito y saludos a las tías.

Cristina la gringa

Viernes

Viernes de los hermanos Jones. Apenas baja al *basement,* Cristina se sorprende: la luz está prendida y se escucha la batería. La puerta de Rick está cerrada. Cristina se quita chaqueta bufanda gorro verde oscuro con orejeras guantes botas buzo y saco. De pronto, la música se suspende y Rick abre la puerta. Está en bóxers. Pecho lampiño, pecoso y fosforescente. Hola, Cristina, no recordaba que venías hoy. Hola. Llevo tres días sin salir a clases, he estado con gripa. Espero no contagiarte. Sí, ojalá. Deberías abrigarte un poco, si tienes gripa. ¿Te preparo algo caliente? Oh, eres muy amable, gracias.

Cristina quisiera darle aguapanela con limón, pero sólo hay agua. Prepara un té caliente para Rick y se lo lleva hasta su sofá cama. Estoy tomando mi medicina. Mi hermana me tiene controlado. Todas las noches me toma la temperatura. A Cristina le importa un pito lo que dice Rick. Preferiría arreglar el apartamento sola, que nadie la viera lavar inodoros, pero ni modo. ¿De dónde es que tú eres, Cristina? De Colombia. Rick se queda pensando, trata de ser amable: Yo veo una clase con una señorita que estudia danza. Es de Nicaragua. Aaah. Se llama Idalia Ramírez. Aaah. ¿No lo conoces? No... No conozco Nicaragua. Aaaaaaah... bueno, yo tampoco conozco la Costa Oeste. Sólo he ido hasta Philadelphia y una vez a los casinos de Atlantic City. Aaah.

Cristina sugiere que se tome el té y se bañe. Así ella puede arreglar el cuarto. Obedece. Le encantaría tener una ventana para abrir. El aire de la habitación evidencia que Rick lleva tres días sin salir. Con las sábanas hace un rollo que deja en la canasta de ropa para lavar y tiende otras limpias. En el tapete hay residuos de papas fritas y pan. Hay una media sucia junto al sofá cama, pero no encuentra la compañera. La deja en la canasta. En el cenicero hay monedas y también una colilla de cigarrillo. "Cenicero" se dice *ashtray*: *ash* es cenizas y *tray* es bandeja. Cenicero traduce bandeja de cenizas. Suena a crematorio.

Parece en una carrera contra el tiempo. Hace todo rápido no sólo porque Rick debe estar por salir de la ducha sino, sobre todo, porque el ambiente del cuarto debe estar cargado de gérmenes, virus contra los que el cuerpo tropical de Cristina no tiene defensas. Chica latina no se puede dar el lujo de una gripa.

Cuando la alcoba tiene un aspecto ordenado (el tapete no aguantaría una inspección), pasa a la de Belinda. Se pregunta cómo será la convivencia entre dos hermanos tan distintos. Ella no ha cruzado más que unas pocas frases con Belinda y a Rick apenas lo vio hoy, pero es evidente que parecen de dos familias diferentes. Belinda es ordenada, pulcra, su clóset siempre está organizado, nunca encuentra ropa tirada o cosas en el piso. No acumula basura.

Está sacudiendo el polvo del diploma de Belinda cuando Rick sale de la ducha. El baldosín verde del baño está empapado del piso al techo, cubierto de vapor. Cristina se toma su tiempo para esperar que los gérmenes de Rick se vayan y mientras tanto limpia en la habitación de Belinda lo que ya está reluciente. Pasa a la cocina y deja el baño para el final. Dos horas más tarde se despide de Rick, que queda en compañía de sus estornudos, su batería, su teclado y el tic tic tic tic tic de la ducha que aún no han reparado.

Al salir a la calle, Cristina comprueba que el cielo está muy gris pero hoy no ha nevado, aunque queda algo de la nieve de ayer. Aprovechando que está en Brooklyn y que apenas son las 3:00 p.m., decide ir a conocer Coney Island, la playa más populosa de Nueva York. En la estación de Prospect Park toma la línea Q, amarilla, y se baja al final del recorrido. El vagón había quedado vacío dos estaciones antes, y cuando sale a la calle comprueba que hay muy poca gente y que no ve el mar. Mira hacia todos lados. Sólo hay un Burger King y construcciones viejas, metálicas. No es la playa que imaginaba. Camina cerca de medio bloque hasta que encuentra a un trabajador del metro. Por favor ¿dónde queda Coney Island? Justo aquí. Eh… ¿El mar? ¿El mar? Nadie va al mar en invierno. Ella se hace la que no entiende, no está para explicaciones. El señor le indica una estructura de madera, de cuatro pisos, unas escaleras que no conducen a ninguna parte. Camina hacia allá: la torre de los salvavidas.

A medida que avanza, el viento se hace más y más fuerte. Hay algo de nieve, no hay lluvia, pero el frío entra como agujas entre todas las capas de ropa que lleva puestas. Se pasa su morral hacia adelante para protegerse mejor del viento, que le agita el pelo en todas las direcciones. Camina más rápido una tortuga. Recuerda cuando conoció el Nevado del Ruiz. Recorrer una distancia corta podía tomar una hora o más porque la altura no permite que el cuerpo vaya a la velocidad que la mente quiere. Acá no es la altura sino el viento. Con razón no hay gente en la calle, con razón no venía nadie en su vagón del metro.

Tarda más de diez minutos en recorrer dos bloques. El ruido del viento es tan fuerte y va con la cabeza tan agachada, fija en el asfalto, que de pronto se sorprende con el ruido de las gaviotas. "Paloma" se dice *pigeon,* pero no sabe cómo se dice "gaviota". Tendrá que recordarlo para anotarlo después en su cuaderno porque en este momento hace demasiado frío para abrir el morral y buscarlo. Pasa un grupo grande de gaviotas, volando bajo, y se posa delante de ella. Y ahí está: la arena casi no se ve porque está cubierta de nieve y va hasta que las olas la rozan. La famosa rueda de Chicago está a su derecha y parece un armatoste viejo y abandonado. La amplísima playa está habitada por cientos de gaviotas. El chillido de las aves, el ruido del viento y el sonido de las olas le permiten dejar de oír las ambulancias, los pitos de los taxis y el traqueteo del metro. El mar está gris, embravecido y no se ve gran distancia hacia el fondo porque las nubes y la niebla tapan el paisaje. Carga tempestades que vienen de otras playas. Le cuesta imaginar este sitio atiborrado de gente en vestido de baño, de niños, parasoles y bronceadores. Le parece que así como está, desolado, es salvaje y hermoso. La última vez que estuvo en una playa fue hace años, cuando apenas iba a entrar a la universidad. Fue con su papá y su mamá. Siente nostalgia por ese espíritu festivo que los envolvió esas vacaciones. Esa alegría despreocupada, sin noción del tiempo, que sólo aparece durante los viajes. Se ve a sí misma con un bikini de rayas y un cuerpo perfecto, inconsciente de tenerlo. Su papá tomando cerveza bajo una carpa multicolor y su mamá negociando collares con cuanto vendedor costeño se acercaba. Con ese recuerdo feliz mira hacia el frente, ve las nubes pesadas y siente una tempestad en el pecho.

Quisiera quedarse más tiempo, pero el clima la obliga a buscar el regreso. Siempre le pasa lo mismo: la cabeza hace planes que el cuerpo no le permite obedecer porque en este invierno gasta demasiada energía procurando mantenerse caliente. Por eso, cuando a las 5:00 p.m. oscurece, a Cristina le entra el afán por ponerse ya la piyama e irse a dormir. Le gustaría salir más, caminar más, pero no es capaz. Todos los días termina exhausta.

Observa por última vez el mar antes de emprender el regreso: las gaviotas, la nieve, el viento, las olas, el ruido feroz, la soledad en medio del dolor agreste de un océano pesado y negro de agua salada que rueda por la cara.

Lunes

La estación de metro de la 32 es enorme, porque además allí queda el terminal de Amtrak, los trenes que en cuestión de horas comunican con las principales ciudades de Estados Unidos y Canadá. Cristina atraviesa todas las mañanas esta estación, que queda debajo del Madison Square Garden, y al ver a los ejecutivos con maletas y a los estudiantes con sus morrales enormes, se siente por algunos minutos en un aeropuerto.

Sale a la superficie y mientras el semáforo cambia observa que entre los que emergen de las escaleras por la acera del frente está Jacob Kauffman, con su kipá, su levita negra, sus peyes sobre las orejas. Lleva un periódico en hebreo. Se para a esperar el cambio del semáforo y mientras tanto Cristina lo imagina con los calzoncillos que ella lava en la lavadora, blancos y largos hasta los tobillos, con la camiseta de franela de manga larga que tiene un pequeño roto en la espalda. Un punto ido. Esa levita y esa camisa que lleva puestas deben ser las que le recibió ayer al marroquí de la lavandería. No sabía que Jacob madrugara al trabajo, acá el comercio siempre abre a las 9:00 o 10:00 y entonces confirma su intuición: Jacob debe tener un cargo importante. Luego analiza: en NY los ricos también usan el metro.

De pronto él la observa y ve que ella lo mira. Ella levanta la cara y le sonríe, en señal de saludo. Él mira hacia atrás, como si Cristina hubiera saludado a alguien más. El semáforo cambia y se cruzan en mitad de la Séptima Avenida. Ella dice *hi* con una sonrisa y él sigue derecho. No la reconoce o la ignora. Debe pensar que es una joven atrevida. Una pecadora.

Hola, mis niños, ¿cómo amanecieron? ¿Sí están viendo Discovery Kids en televisión? Ustedes ya no van a hablar inglés como nativos. Si uno no aprende inglés antes de los quince años, siempre va a tener acento. Por eso tienen que ayudarse: vean televisión para niños y consigan novio. O novia. O novio y novia. Ya les dije: aprender inglés es la única forma de no vivir eternamente al margen.

¿Algún voluntario para el dictado de hoy? ¿Quién quiere leer lo que escribió? Kim, adelante. Kim tiene el pelo corto y pintado de amarillo. Un mechón rosado le cae sobre la frente. Tiene un piercing azul en la ceja. Debe pesar cuarenta kilos. Demasiado flacuchenta, piensa Cristina. Kim pasa al frente y lee: Fui con mis amigos Jogi y Asako al zoológico del Bronx. Conocimos muchos animales que no hay en Corea, como los pingüinos emperador del Polo Sur, que me parecieron muy altos, aunque me dio tristeza verlos encerrados. En general, el zoológico me pareció bonito y es fácil ir porque el metro nos dejó cerca. Es mucho más grande que el zoológico del Central Park. Además, los miércoles la entrada es gratis, así que lo recomiendo. Pero de todas formas no es feliz (¿se dice "feliz", *teacher*?) saber que los animales están fuera de su ambiente natural aunque los cuiden bien. Pienso que el zoológico es como una cárcel, aunque sea de lujo y hagan investigación.

El paseo terminó mal porque en el metro de regreso me di cuenta de que había perdido mi cámara de fotografías, entonces nos devolvimos con Jogi y Asako al zoológico. Fuimos hasta la sección de cosas perdidas pero nadie la había reportado. Nos informaron que en el metro también hay otra sección de cosas perdidas, pero tampoco estaba. Entonces decidimos ir a la policía a reportar la pérdida. Allá llené un formato y dejé mi teléfono. Eso fue el miércoles de la semana pasada y no me han llamado.

Aplausos para Kim. Cristina le pregunta si la cámara está marcada o cómo va a hacer para encontrarla y Kim explica que en su factura tiene el número de serie. Aaaaah.

Cristina piensa que si se encuentra una cámara no se le cruzaría por la mente ir a entregarla a la policía y mucho menos creería que está haciendo algo indebido al quedarse con ella. Las cosas son del que se las encuentra. Además, no guarda facturas.

From: luciasalazar01@gmail.com
To: cristinamejjias@hotmail.com

Hola mi amor

Me parece muy bien lo de la bolsa de empleo. Por mí no te preocupes que yo ahí tengo una platica guardada así que me puedo bandear.

Te voy a contar algo pero no le cuentes a nadie: tengo mucha ilusión con un negocio. Hace como dos semanas fui a la peluquería y Susana la hermana de Rosario me contó que ella y toda su familia están metidos en una inversión. Uno va y entrega por ejemplo 1 millón de pesos y le dan un recibo. Puede invertir en dos modalidades: durante 5 meses reclama cada mes 100.000 y al final le devuelven el millón completo, o durante 5 meses no reclama nada y al sexto mes le dan 2 millones. Mejor dicho eso renta más que cualquier CDT o cualquier cuenta bancaria. Susana me contó que ella ya reclamó dos pagos. Yo no les he contado a las tías porque ya sabes que son como un bulto de sal, a todo le ponen misterio y me echan la mala suerte... Me imagino que dirán que eso es lavado de dólares, plata del narcotráfico o una pirámide y lo ponen a uno nervioso. Y todo eso porque la idea no se les ocurrió a ellas. Los banqueros y la gente de la bolsa de valores gana mil veces más y nadie les dice que se les va a perder la plata. Pienso que si uno no tiene nada bueno para decir, mejor no dice nada y se queda callado, pero las tías no son así y prefiero no contarles para que no me den mala energía. Mejor dicho, tú las conoces y para infiernos, algunas familias. El caso es que ya metí dos millones y la próxima semana reclamo mis primeros 200 mil.

Así que ve tranquila a tu bolsa de empleo y yo te cuento cómo me va con el negocio.

Cuídate del frío y come bien.

La mamita.

From: cristinamejjias@hotmail.com
To: monitalinda1983@gmail.com

Hola Monita. Me alegra que esté progresando con su monstruo... Dígale amorcito, o monstrete o ET, o mi Frankestein o como quiera... pero no le diga Yova, no sea guisa.

Yo estoy bien, mejorando my inglish piquinglish, aunque este clima es una mierda. De verdad. Uno planea salir, conocer, caminar y sinceramente que apenas pongo una uña fuera del apartamento me provoca devolverme y acostarme.

Voy a ir a una agencia de empleo a ver si consigo un trabajo mejor, como mesera o algo en lo que me toque conversar más con la gente, para ver si conozco más personas, y de paso me levanto mi príncipe azul y su galán de telenovela. Usted no le ha contado a nadie lo que en realidad hago acá, ¿cierto? A veces pienso que si hubiera estudiado medicina, enfermería, diseño, economía, algo "universal", podría aspirar a un mejor trabajo acá. Pero el derecho que aprendí allá sólo me sirve allá y acá es como si fuera bachiller, pero además como si fuera discapacitada, porque no puedo hablar bien. Cuando los gringos se dan cuenta de que uno no habla inglés empiezan a hablar más duro, como si uno fuera sordo. En vez de hablar despacio. En todo caso, sí debí estudiar más inglés allá antes de venirme. Uno se imagina que con aterrizar acá el inglés va a entrar por ósmosis, pero no. Es jodido. Yo hasta hablo, aunque no siempre logro que lo que diga coincida exactamente con lo que quería decir, pero logro que me entiendan. El problema es cuando me hablan: entiendo sólo generalidades. O sea, comprendo de qué tema están hablando pero no puedo decir en detalle qué dijeron. Es frustrante porque estar oyendo hablar todo el tiempo en un idioma que uno no entiende bien es como si estuviera oyendo radio con la emisora mal sintonizada. Como ver el mundo a través de unos lentes empañados. Yo, que no veo bien, soluciono mi problema con gafas y listo el pollo, pero para el oído miope no hay arreglo. Me toca parar oreja, aguzar el oído, concentrarme mucho. Además, el inglés de NY es como el español del Caribe. Dicen las palabras cortadas y a mil... mejor dicho, se entienden entre ellos.

Cuente chismes de la Pecera y sí, anote a mi mamá en la lista de votantes por el Supremo. Yo le aviso a ella.

Podría caminar un bloque largo para ir al metro, pero prefiere descender en la Octava Avenida e internarse en un enorme túnel subterráneo que la lleva hasta la línea 7, la morada. En el túnel hay calefacción. El tren va repleto, parece un bus del tercer mundo, pero no importa. La marea de gente la empuja hacia adentro. Una china se queja porque su chaqueta quedó atrapada en la puerta y no se puede mover. Cristina se baja en Grand Central y toma la línea verde hasta la estación de la calle 77. Sale a la superficie, camina de Lexington a Park Avenue y luego asciende dos bloques, hasta el edificio de los Kauffman.

En la recepción hay un enorme jarrón con anturios rojos. Entra al ascensor y siente la tentación de buscarse espinillas negras en el mentón y la nariz, pero se acuerda de la cámara. Llega al apartamento y deja sobre el perchero chaqueta bufanda amarilla gorro guantes buzo y saco. Las botas las pone en un rincón.

Empieza por la cocina. Una nota de la señora Rachel anuncia que posiblemente los niños lleguen hoy más temprano. Limpia la nevera, el horno, el microondas, la lavadora de platos. Organiza las alacenas. Siempre se sorprende con la cantidad de comida que tienen. No son gordos, pero deberían. Es mucha comida. Verifica las etiquetas y hay una salsa vencida que no se atreve a botar. Teme que piensen que se la robó o se la comió.

Pasa a la sala comedor. Cambia el mantel de la mesa, sacude los muebles y mapea el piso. Arregla el baño que hay abajo. Sospecha que sólo ella lo usa. Sube al segundo piso. Las camas de los niños están sin hacer. Organiza, recoge la ropa sucia. Abre el clóset de los gemelos y dobla la ropa. Es increíble cómo pueden desorganizar tanto en tan poco tiempo. Cristina los imagina escogiendo a propósito la camiseta que está en el fondo de la torre de ropa: jalan desde abajo y por eso siempre tienen el clóset revolcado.

La alcoba de la pareja tiene la cama sin tender. Hay un pocillo con café sobre la mesa de noche de Jacob. En la de ella hay un libro con papel delgadito y borde plateado en hebreo. Debe ser algo religioso, piensa. Como la Biblia o el Corán de los judíos. Ve el teléfono en la mesa de noche. Marca el número que anotó en la casa de Thomas. Timbra tres veces y una voz femenina contesta: "Hi". Cristina escucha. "Hi… hi!". Cuelga. Es una voz de edad indefinida. ¿Por qué no dijo algo? Debió inventar una excusa, algo para averiguar más… El nombre, al menos. Vuelve a marcar, timbra una vez y, antes de que la voz conteste, Cristina cuelga. Decir cualquier cosa con su pronunciación sería complicado.

El vestier de los Kauffman permanece más organizado que el de los gemelos. Toma la canasta de la ropa sucia y la saca al pasillo. Guarda las blusas de ella, las camisetas, la ropa térmica, y entra a lavar el baño. Abre la ducha para humedecer la tina. Se quita las medias. Estando ahí, siente un retorcijón estomacal. Una diarrea *express*, dirían los pescados de la Pecera, de esas que no dan tiempo ni de apretar las nalgas. Se sienta en el trono de los Kauffman hasta quedar plácida. No se ha subido aún el jean cuando cree oír ruidos en el primer piso. Mierda. Se organiza como puede y sale hasta el borde de las escaleras. No hay nadie. Mira el reloj: 3:27 p.m. Si los gemelos llegan más temprano deben estar por entrar. El olor del baño de arriba la va a delatar. No hay ambientador. Va hasta la cocina, toma un periódico viejo y lo enciende en la estufa de gas. Sube corriendo para quemarlo en el baño. Pasa el periódico por todo el baño, confiando en que el humo y el fuego dispersen el hedor. Ahora huele a humo. Sale al pasillo y le parece que el apartamento entero huele a humo. Regresa a la cocina, coge un balde y mezcla agua con limpiador. Mapea el baño de los Kauffman, sigue con el segundo piso y luego baja al primero, todo en cuestión de minutos. Termina exhausta. Ya no sabe a qué huele el apartamento, pero en todo caso ya no huele a popó.

Recoge la canasta de ropa y baja al *basement*, a la lavandería. Le avisa al portero por si llegan los gemelos. Mete las cuatro monedas, y mientras avanza el ciclo de lavado saca su cuaderno, se pone las gafas y busca en el diccionario. *Gain*: "beneficio". *All pain and still no gain*. Ahora entiende. Recuerda la tarde en Coney Island y busca de nuevo: *Gull*, una nueva palabra.

Termina con la lista de palabras pendientes en su cuaderno y toma *Dubliners*. Empieza a leer. "She sat at the window watching the evening invade the avenue". De quién será la voz que le dijo *hi* en el teléfono. ¿Será una pariente de Thomas? ¿Una hermana quizás? Nunca ha visto un vestigio de algo parecido a una mujer en el apartamento de Thomas. No hay razón para sufrir pensando que tiene novia. Puede ser alguien en otra ciudad. Antes, cuando había que marcar indicativos, esas cosas eran evidentes, pero ahora con los teléfonos celulares esas distancias se pierden. "Her head was leaned against the window curtains and in her nostrils was the odour of dusty cretonne". Subraya *nostrils*. ¿Ya se habrá ido el olor a humo?

Saca la ropa de la secadora, la plancha con la mano, la dobla y sube al apartamento. Los niños no han llegado. Está en la alcoba de los gemelos, guardando sus camisetas, cuando siente ruidos abajo. La señora Rachel saluda. Dice que el piso está muy limpio y le entrega su dinero. Cristina se calza, se viste y se va.

Sábado

Lleva más de tres meses viviendo con los Giraldo y son escasas las veces que ha visto a Rubén. Rosario trabaja de día en una cabina en la que hace giros, cambios y vende tarjetas para llamadas telefónicas. También reciben paquetes para encomiendas. Queda en Queens, en el sector de Corona, relativamente cerca de donde viven. Como siempre ha trabajado en la zona, que está habitada por colombianos, mexicanos y ecuatorianos, a Rosario nunca se le ha ocurrido que quizás podría ser útil aprender algo de inglés. Yo casi no sé nada de inglés. El que me enseña palabras es Harold Gustavo, porque cuando me pongo a revisarle las tareas, él me traduce lo que dice en el cuaderno y así voy aprendiendo palabras, le dijo Rosario a Cristina cuando, recién llegada, le preguntó cuál era la diferencia entre *attorney* y *lawyer*.

Susana, la hermana de Rosario, estuvo de visita en Nueva York hace dos años. Como vino en invierno no se amañó, pero Rubén y Rosario le insisten cada tanto en que cierre la peluquería y se venga a vivir con ellos. En Nueva York hasta el más pobre tiene la nevera llena. Pero a Susana no la convencen ni el clima ni los horarios de trabajo, ni la angustia de vivir ilegal. En todo caso, por si las moscas, a veces en la peluquería pone unos CD que compró con un curso de inglés que, según le dijeron, se va quedando en el subconsciente aunque ella no esté muy concentrada en la audición. Aprendizaje por hipnopedia, se llama el método, y aunque se supone que es para oírlos cuando esté durmiendo, ella los pone de día en la peluquería porque el ruido de noche la desvela.

Don Ubeimar, el papá de Susana, Rosario y Rubén, era el agregado en una finca cafetera. Una finca pequeña que le permitió sostener a su familia pese a una viudez temprana. En esa finca conoció a Sergio, el papá de Cristina. Sergio era agrónomo y visitaba la región para enseñar a los campesinos a controlar la roya y la broca. La clave era no dejar ni un grano rojo de café en el palo. Había que recoger todos los granos maduros, aunque no fuera época de cosecha, decía. Don Ubeimar y sus hijos le cogieron especial cariño a Sergio. Le decían doctor y obedecían todas sus indicaciones. Todas menos la del estudio, porque aunque Sergio les insistió mucho a los muchachos en que al menos hicieran el esfuerzo de terminar el bachillerato, Rubén sólo hizo hasta séptimo y como perdió el año no quiso volver a estudiar. Se puso a trabajar en fincas, como su papá, y a eso se dedicaría todavía, si un amigo no lo convence de que lo mejor era irse para Estados Unidos. Ahorró hasta pensamientos para pagarle a una agencia de viajes que se encargó de tramitarle la visa. Inventó una biografía, consiguió certificados y diplomas que no tenía. Sergio le ayudó con una carta de recomendación y un certificado laboral originales, aunque mentirosos. Llegó a Nueva York a donde unos paisanos que lo acogieron como si fuera un hijo más de la familia.

Rubén empezó a trabajar haciendo limpiezas en un hospital, en el turno de la noche. Vómito, sangre, vísceras, orina, excrementos, gasas, todo tipo de fluidos corporales. El trabajo era duro pero bien pago porque nadie más lo quería hacer. Sin embargo al poco tiempo logró conseguir un puesto como ayudante en un parqueadero. Ahí lleva ya doce años, trabajando de domingo a domingo en el turno de las 6:00 p.m. a las 6:00 a.m. Ese horario es excelente porque el parqueadero queda a un bloque del Carnegie Hall y entonces, prácticamente todas las noches del año el estacionamiento se llena de carros de personas que van a conciertos, recitales y ópera, que retiran sus autos a las 11:00 p.m. o más tarde y le dejan su propina. Después de la medianoche el trabajo es suave y puede sentarse a descansar. Trabajar de pie cansa más de lo que la gente se imagina, pero al cabo de un tiempo el cuerpo se acostumbra. Además, como el turno es de noche, puede compartir la cama con Rosario. Mientras Rosario está en su casa de giros, Rubén duerme, y cuando ella regresa, él ya no está, porque antes de llegar al parqueadero hace turnos de tres o cuatro horas en un taller eléctrico. "Cama caliente" se llama el sistema. Hay sitios en los que las camas no se comparten entre dos sino entre tres personas, organizadas en turnos de ocho horas cada uno y por lo tanto la tarifa por la renta del cuarto es más barata. A eso tendría que aspirar Cristina si los Giraldo no la hubieran acogido. Pero para los Giraldo la cama caliente es entre hermanos, así que no molesta tanto. Además, los dos tienen la decencia de dejarla tendida para que el otro la encuentre arreglada y fría. O al menos tibia.

Cristina casi nunca habla con Rubén. Poco se ven porque no les coinciden los horarios. Rosario dice que no le conoce novia ni amigas. Que todo lo que gana lo ahorra. Le gira una mensualidad a Susana, y el resto lo guarda para cuando cumpla cincuenta y cinco años, porque ese es el límite que se ha impuesto para regresar a Colombia, comprar taxis o camiones, lo que mejor resulte, y vivir de la renta. Rubén dice que no quiere morir lejos de donde nació, o al menos eso es lo que cuenta Rosario.

Rosario llegó hace diez años, soltera y con ganas de conquistar el mundo. Lo del mundo no se pudo, pero conquistó a un boricua que la dejó embarazada. Aunque como papá no sirvió, por lo menos se casó con ella sin cobrarle y le permitió hacerse residente. El día en que asistió al juramento de bandera comenzó el trámite de divorcio. Harold Gustavo tiene ahora ocho años y es el único neoyorquino de verdad verdad con el que Cristina ha tenido contacto. Duermen en el mismo cuarto, en un camarote. A Cristina le toca encima.

La alcoba es tan pequeña que Cristina todavía tiene la ropa dentro de la maleta. Cuando sube a acostarse suele golpearse con un avión de Harold Gustavo que cuelga del techo. En una repisa tiene una colección de los personajes de Nemo y varios carros a control remoto. Hay un afiche de los Yankees y tiene enmarcada una camiseta firmada por los jugadores. También cuelga de la pared una pelota de béisbol y hay un portarretratos con una foto de Susana, Rosario y Harold Gustavo en la plaza de Bolívar de Bogotá. La foto tiene un efecto hecho en computador: una bandera de Colombia bordea toda la imagen. Cristina sabe que en ese cuarto ella es un fantasma, pero no importa: en ninguna otra parte de la ciudad va a conseguir alojamiento por cuatrocientos dólares. Los Giraldo lo ofrecieron como una muestra de gratitud hacia ella y su familia, después de lo que pasó con su papá, y cada vez que la ven estudiando inglés le dicen: Estudie que el doctor Sergio estaría orgulloso.

Los sábados y los domingos, Cristina no tiene limpiezas. Cuando Rosario le consiguió, a través de una española, los pisos en los que ha estado trabajando, le sugirió que dejara al menos los fines de semana libres para poder tener tiempo de conocer la ciudad. Uno nunca sabe cuánto tiempo se va a quedar, y si usted decide devolverse, o si la llegan a deportar, Dios no lo quiera, que por lo menos se vaya después de haber visitado la estatua de la Libertad y el Empire State. Fue un buen consejo. Un lujo que casi ningún inmigrante en su condición tiene: fines de semana libres.

Por eso, los sábados y domingos desaparece desde temprano, para no estorbar en la casa y para poder volverse como una esponja que absorbe todo lo que la ciudad le ofrece. Lo que le ofrece gratis, por supuesto. Pero este sábado, Rosario le prometió su compañía para dos cosas: conseguir el *social* y un celular.

Cuando yo llegué a este país, fue Rubén el que me acompañó a hacer la vuelta del *social*. Acá mismo en Corona.

Gerardo es un señor muy correcto, colombiano. Toda la vida les ha conseguido *social* a inmigrantes y todos han salido buenos. Lo mismo la *green card*. Es que lo clave es que el número sea bueno, de un muerto o de alguien que sí exista en el sistema, para que uno pueda hacer sus aportes sin problema, porque si no, se dan cuenta. Acá a todo el mundo lo vigilan. Usted sabe, mijita, que para eso de los computadores estos gringos son muy inteligentes.

Cristina reflexiona sobre si sacar un documento de identidad falso será más o menos tan delincuencial como los ajustes que les hacían en la Pecera a las licitaciones para que se las ganaran los recomendados del Supremo. Concluye que es mejor no pensar en pendejadas. Hacer y no pensar, que por pensar es que se enreda la vida. Además ella no tiene la culpa de lo quisquillosos que son acá con los inmigrantes. Los presumen culpables de todo, a menos que se demuestre lo contrario.

Llegan al sitio. En la puerta hay un joven que hace las veces de filtro y portero. Tiene gorra y está conectado a unos audífonos. Ellas se acercan y él les dice muy bajito, pero audible "sócial sócial sócial". Anuncia su mercancía como si estuviera vendiendo perros calientes. Rosario saluda y suben a un segundo piso. Gerardo sale a su encuentro. Abraza a Rosario como viejos amigos. Este Harold Gustavo sí está muy crecido, ya todo un muchacho. ¿En qué año va, mijo? Voy para tercero. ¿Y le va bien en los estudios? Sí. Sí, señor, diga sí, señor, hable bien, lo corrige Rosario. Le presenta a Cristina y Gerardo anuncia que, por ser una recomendada, le va a dejar todo en cien dólares, incluyendo las fotos. Rosario regatea: compadézcase, hermano, que esta muchacha quedó huérfanita de la noche a la mañana y ahora tiene que ver por la familia. Cristina siente la descripción como una patada y algo debe notársele en la cara porque Gerardo dice que bueno, que le deja todo en noventa.

Pasa a una cabina y le toman las fotos. Se las entregan a los pocos minutos y a Cristina le parece que no puede estar más fea: con ojeras, la piel arrugada, el pelo quemado. Acá no se puede dar el lujo de una peluquería. Así de cerquita, se detecta puntos negros en la cara. Gerardo les indica que esperen o vuelvan en una hora, mientras sale el carnet.

Deciden aprovechar el tiempo para sacar el celular. El de Harold Gustavo es de última generación. Cristina no tiene, como tampoco tiene cuenta bancaria, porque le parece que mientras menos registro haya de ella es más difícil que la ubiquen de inmigración. Rosario siempre le repite que Rubén lleva doce años ilegal con cuenta, celular, licencia de conducción, tarjeta de crédito y no pasa nada, pero Cristina no se siente tan tranquila.

En un local de Verizon Cristina pregunta por el celular más barato que tengan. Le muestran uno muy básico, pero le advierten que es malo porque sólo sirve para hacer y recibir llamadas. No permite revisar el correo ni chatear ni navegar por internet. Harold Gustavo opina que parece de juguete y sugiere otro, que cuesta quinientos dólares. Cristina elige el de cuarenta y lo activa a nombre de Rosario Giraldo, en prepago. "Prepobre", decía cuando vivía con su mamá y tenía un plan de minutos que le alcanzaba para hablar horas con el Muerto, a las dos o tres de la tarde o de la madrugada.

Regresan a donde Gerardo y el carnet no está listo. Vuelvan en cuarenta minutos. Rosario entonces invita a Cristina y a Harold Gustavo a Mi Pequeña Colombia, un restaurante que queda en la 83 con Roosevelt, para tomar algo mientras pasan el tiempo. Cristina se entretiene leyendo la carta. Venden arepas, empanadas, brevas con arequipe, ajiaco, fríjoles. La traducción de "tamal" ocupa tres renglones de la carta. Pide una arepa con queso y chocolate.

Rosario pide café con almojábana y Harold Gustavo, una hamburguesa con cocacola dietética.

Una hora después regresan a donde Gerardo y recogen el carnet. Rosario lo revisa: quedó perfecto, pasa cualquier revisión. Gerardo confirma: Usted sabe que acá trabajamos correctamente, todos los papeles míos pasan. Cristina revisa su tarjeta verde de residente y su carnet de seguridad social. Ahora tienes que inventarte una historia y creértela, le dice Gerardo: si eres residente significa que llevas al menos tres años en este país, que te casaste con un gringo, o que tus papás son gringos... Alguna historia creíble que puedas contar cuando te pregunten cómo fue que te hiciste residente. Contar sin gaguear.

Cristina piensa en qué historia inventar. Ser extranjero es aprender a convertirse en otra persona. Se despide de Rosario y toma el metro: línea 7, morada, hasta Grand Central. Le gustan las bancas de madera antigua y las escaleras que salen en *Los Intocables*, la película de mafiosos en la que Kevin Costner hace el papel de héroe-galán-papito. La Monita se imagina que las calles de acá están llenas de Kevins Costners. La Monita no podría ser acá "la Monita" porque cuando uno dice "mona", los latinos entienden "mica". La esposa del mono. A las monas se les dice "rubias". O *blondes*. O "pelipintadas".

Se sienta en una de esas bancas en las que esperan los viajeros que tomarán el tren hacia lugares más distantes de la ciudad a los que no llega el metro. Saca el formulario y empieza a llenarlo: Ángela Cristina Mejía Salazar, treinta y un años, abogada, cuatro años en América. Piensa: "¿Si el pasaporte sólo tiene el sello de octubre, ¿cómo puede probar que llegó hace tres años? Y si llegó en octubre ¿cómo puede ser ya residente?". No pensar. Escribir y no pensar para no enredarse la vida. Hay gente que miente con tanta tranquilidad. Quisiera tener ese don, o al menos esa desfachatez.

From: SenadorValencia@alvarovalenciagaviria.org
To: Undisclosed recipients

Queridas y queridos compatriotas

Los saluda su senador Alvaro Valencia Gaviria, L53 en el tarjetón de Senado.

El próximo domingo nuestro país tiene una nueva cita con la democracia. Tenemos la oportunidad de derrotar a los corruptos en las urnas y de seguir trabajando para superar la pobreza, la injusticia social, y para que nuestras niñas y niños encuentren un mejor futuro, con paz, empleo, salud y educación.

Gracias a Dios nuestro creador, y al apoyo incondicional de ustedes, mis electores, he logrado trabajar durante varias legislaturas en el Senado de la República con una hoja de vida intachable. He hecho una labor honesta y desinteresada al servicio de las clases menos favorecidas, procurando el bienestar general y la defensa de los valores tradicionales de nuestro pueblo: la familia, la moral y el respeto por las tradiciones de nuestro pueblo.

Este domingo nuestra patria se juega su futuro. Las amenazas contra nuestro pueblo son enormes y por ello los invito a todas y todos a defender la democracia y las instituciones de nuestro país. Por eso les pido participar activamente, salir a votar temprano y difundir este mensaje entre amig@s y conocid@s. Con la ayuda de Dios, su voto y mi compromiso inequebrantable haremos de este amado país un mejor lugar para vivir.

Mis propuestas y mi hoja de vida las pueden consultar en www.alvarovalenciagaviria.org.

Un abrazo democrático,

Alvaro Valencia Gaviria, Senador. Marque este domingo L 53 en el tarjetón de Senado.

Nota: Usted recibió este correo porque hace parte de nuestra base de datos. Si desea dejar de recibir nuestros mensajes envíe un correo con el asunto "Remover" (en cumplimiento de la Ley 1581 de 2012).

From: monitalinda1983@gmail.com
To: cristinamejjias@hotmail.com

¿Qué dice la gringa, cómo va? Le tengo chisme bomba así que siéntese. Anoche me fui con mi hermosísimo Yovani Albeiro de rumba, nos fuimos con una pareja amiga de él para Bamboleo, y adivine quién estaba en la barra: Julián, con Mario y otro tipo que no conozco. Apenas Julián me vio se acercó, me saludó y de una preguntó por usted, que cómo está, que si está contenta allá, etc. Yo por supuesto le dije que usted es la latina más exitosa de la Gran Manzana, que ya es completamente bilingüe, que va súper bien, que le llueven extranjeros que le dicen I love you en todos los idiomas... Me preguntó que si se piensa quedar por allá y yo le dije que sí, por lo menos una temporada, pero no sé si ahí la embarré o no. ¿Usted ha pensado volver? Bueno, eso le cuento de su Muerto. Estaba un poquito tomado, está feo, como gordo, y no estaba con viejas.

Chaooooo

From: cristinamejjias@hotmail.com
To: monitalinda1983@gmail.com

Hola Monita: hágame un favor enorme, de acá a la luna. No me vuelva a mencionar nunca en la vida a Julián alias el Muerto. El Muerto al hoyo y el vivo al baile. El Muerto se murió, usted lo sabe y mejor dicho así se lo encuentre de rumba con Miss Universo o en el entierro de la mamá, donde sea y como sea, no me cuente, que no me interesa, en serio. No me interesa saber nada de ese personaje.

Rico que siga saliendo con su especímen.

Yo.

PD. Mi mamá anda metida en una pirámide. Me da sustico pero mi mamá pinta la cosa como muy rentable. Susana la de la peluquería la metió en eso pero acá mi familia adoptiva no me ha dicho ni mu. Demás que ven mi pobreza y saben que no tengo ni un dólar para gastar en nada. Usted ha oído algo del tema allá en la Pecera?

Cuénteme chismes. Ya averiguó quién es el duro que le pagó la lipo a la Foca, alias la Loba Marina?

Martes

Buenos días, mis niñitos. Hoy vamos a hacer un ejercicio, vamos a pintar. Saquen una hoja, por favor. Acá tienen colores. Voy a dar unas instrucciones, no voy a repetir, y ustedes deben ir dibujando lo que voy diciéndoles. ¿Está claro? OK, dibujen una casa. Una casa bonita. Píntenle detalles: techo, puerta, ventanas. Alessandro, si no entiendes la palabra "techo" no pintas el techo. Tu casa no tendrá techo y entonces cuando llueva se te mojará todo, vamos a ver cómo te queda. Ah, OK, me alegra que ya entiendas qué es "techo". Ojo, no mirar al compañero. Quiero que tenga una cortina abierta y otra cerrada. Pinten una chimenea. Con humo. ¿Estamos listos? *Say again say again say again, repeat please repeat please, speak slowly, I don't understand...* ¿Ese es todo el inglés que han aprendido acá? ¿Qué pasa, Kim? No, no voy a repetir las instrucciones. Si te quedaste, después veremos qué fue lo que dejaste de hacer. OK, diré lo que sigue más despacio, pero no voy a repetir. ¿Listos? Pinten un paisaje al lado de la casa. Naturaleza: árboles, montañas, flores. Pinten agua: un río o un lago. Lo que ustedes prefieran. Los paisajes bonitos son los que tienen agua. ¿Listos? OK. Ahora vamos a pintar un gato. Yo les conté que vivo con una japonesa y un gato y, para mí, cuando imagino un sitio que me gusta, siempre tiene gatos, así que todos vamos a tener un gato en nuestro cuadro. ¿Cómo así que pintar un gato es difícil? No, Evarista, no seas perezosa, pinta un bulto negro y piensa que el gato estaba de espaldas... No importa, tienes que encontrarles soluciones a los problemas, no al revés. ¿OK? ¿OK? ¿OK? Me vuelven loca ustedes... ¡Me vuelven loca en quince idiomas! Bien. Ahora dibújense ustedes mismos, donde quieran: puede ser en la ventana, en la puerta, en la montaña o en el río o el lago. Bien, ahora vamos a hacer unas nubes y el sol. Vamos a pintar un día soleado. Ya estamos en marzo y en este mes termina el invierno. OK, ahora vamos a colorear el dibujo. Coloreen todo. Si necesitan más colores, acá tienen.

¿Listos? OK. Ahora vamos a hacer un ejercicio. Yo di las mismas instrucciones, unas instrucciones precisas. Vamos a comparar qué tan similares quedaron los dibujos. Cuando cuente tres, todos, al tiempo, me van a responder de qué color pintaron el sol. Sólo el sol. El color del sol. ¿Listos? *One, two, three.* Cristina, Joaquín y Alessandro gritan "amarillo", como todos los latinos y europeos. Evarista y Salif, otro compañero de Malí, dicen "blanco". Kim y los asiáticos lo pintan de rojo. Elizabeth concluye: el sol sí brilla para todos, pero no del mismo color.

Cristina se pone sus guantes bufanda chaqueta y gorro y sale al sol helado de Nueva York. Es habano. Camina cuatro bloques hasta la 28. Cuatro bloques de los cortos. En Manhattan hay bloques cortos, que son los que van de sur a norte, y bloques largos, que equivalen a dos o tres de los cortos, que son los que van de este a oeste. Llega al edificio, sube al segundo piso. Yerlín se está pintando las uñas. ¿En qué puedo ayudarte mi amor? Cristina entrega el formulario y los papeles. Yerlín revisa los documentos, la fotocopia del pasaporte, del *social security*, de la *green card*. ¿Y el dinero, mami? Cristina entrega los trescientos cincuenta dólares. Todo OK. ¿Qué fue que tú me dijiste que querías para trabajar? Mesera, cajera o algo así. Tengo un trabajo de mesera en un sitio latino, por la Northern Boulevard, cerca de tu casa en Queens. Preferiría algo en Manhattan. *OK, let me see.* Hay un sitio que se llama Chihuahua, por el East Village. ¿No tiene algo que no sea latino? Pero tú estás muy exigente, mi amor… Con estos papeles que son más falsos que un billete de tres dólares y un inglés que te sirve en Bolivia, ¿me estás pidiendo que te meta en un sitio de gringuitos? Si ni siquiera eres rubia teñida... Cristina se queda callada y Yerlín empieza a escribir algo en una tarjeta que luego le entrega. Vas, te presentas. Si te gusta, bien, y si no, mañana vuelves y te mando a otro sitio. Pero ponle buena cara, mi amor, que para conseguir chanfa lo que necesitas es actitud.

Cristina sale del cubículo y en las escaleras revisa la tarjeta. Employment Corporation presenta a Cristina, sin apellidos, para la posición de *waitress*. Salario abierto. Chihuahua, Avenida Primera con 14. Preguntar por don Carlos.

Queda cerca del apartamento de Thomas.

Camina hasta Broadway y se hunde en el metro. Una rata enorme come un resto de manzana entre los rieles del tren. Pensándolo bien, la dieta de las ratas no es mala. Es mejor que la de los gatos. Las ratas son casi vegetarianas. Debe haber muchas veganas. Línea N, amarilla, hasta Union Square. Atraviesa el parque con sus tumbas, su nieve y sus pintores al aire libre y avanza entre las callecitas del barrio hasta llegar al Chihuahua.

El local es un larguero oscuro, de once mesas, con sombreros de charro colgados de las paredes. Al fondo, hay un pequeño espacio para bailes o shows de cantantes y al lado está la barra. Cristina saluda y una joven que está limpiando unas copas le responde el saludo: Mande. Vengo buscando a don Carlos. Ya se lo llamo. Se va al fondo y grita: Tííííooooo. Una voz masculina contesta: Mandeeeeee. Una chava lo pregunta. Di que me espere. Cristina se sienta y ojea una carta. Tlacoyos, nopalitos con chipotle, mixiotes de pollo, patitas de puerco, taquitos de silao, mole, chiles rellenos, chiles en nogada. Cristina no sabe si ha probado alguno de estos platos. La carta no trae fotos. La de licores es más extensa: tequilas de varias marcas, mezcal, jobo, bacanora, charanda, comiteco, mistela, mosco, ponche, pulque, sidra, tepache. Todos los tragos cuestan cinco dólares. De esta lista Cristina sí está segura de no haber probado ninguno. Sólo el tequila con sal y limón, en un asado, cuando estaba en la universidad. Le cogió desconfianza porque con cuatro ya estaba borracha. Prefiere la cerveza. Y eso… En realidad prefiere los jugos.

Buenos días, señorita. Don Carlos es bajito. Chaparrito, debe decir él. Tiene una camisa estampada de lino, de manga corta, con más de tres botones sin apuntar. Se ven dos gruesas cadenas de oro. De una cuelga un cristo y en la otra Cristina sospecha que está la Virgen de Guadalupe, aunque no es experta en taxonomía religiosa. Le entrega la tarjeta que le dieron. ¿En el Employment te explicaron en qué consiste el trabajo? Me dijeron que era para ser mesera. Sí, bueno, no, más o menos. Esa es una de las funciones. Cristina calla, esperando que don Carlos se explique. ¿Tú cuánto ganas hoy al día? Depende, pueden ser entre cincuenta y ochenta dólares… A veces cien. Varía cada día. Bueno, acá un día malo te sacas ciento veinte. ¿Te suena? Sí, claro. ¿En qué consiste el trabajo? ¿Tú sabes bailar? La pregunta la desconcierta pero responde sí señor. ¿Qué bailas? Salsa, merengue, vallenato, cumbia… ¿Bailas bachata? Sí. Miente. Acá la bachata está muy de moda. Ah. El trabajo es simple: llegas a las 6:00 p.m., las otras chavas llegan también a esa hora. ¿Cuántas son? Hay diez, falta una. Ah. Llegas a las 6:00, te organizas, te quitas todas esas bufandas y trapos que traes, que se te vea la piel, te maquillas un poco, tú sabes, y más o menos desde las 7:00 empiezan a llegar los clientes. Casi todos vienen solos. A veces vienen en grupo pero no es usual. Ah. Entonces tú vas a tu mesa, saludas al cliente, le ofreces comida, un trago, que se sienta a gusto. El objetivo del Chihuahua es que la gente esté como en casa, que al llegar acá encuentre alguien que le ofrezca cena, bebida, que le escuche lo que hizo en el día, o lo que le agobia, alguien con quién hablar y pasar un buen rato. Ah. Acá la gente vive muy sola y no tiene con quién hablar. Ese es nuestro negocio: ser como un segundo hogar para los clientes, un ambiente familiar. ¿Me sigues? Sí señor. Entonces, si eres simpática, el cliente te va a invitar a una copa. Por cada copa que tú te tomes de cuenta de él yo te doy dos dólares. ¿Que yo me tome? Sí. Los que se tome él valen cinco, pero, los que te bebas tú, le cobras cinco pero te quedas con dos. Ah. Bueno, entonces supongamos que en una noche te tomas veinte copas, ahí tienes ya cuarenta dólares. Ah. Luego, cuando ya hayan tomado y estén en más confianza, él va a querer bailar. Por cada pieza que bailes con él, recibes dos dólares. ¿Y esos me los entrega usted? No, tú se los cobras al cliente. Ellos saben que esa es la tarifa por pieza. Ah. Entonces, si bailas veinte canciones, ahí ya llevas ochenta dólares. Ajá. Y si fuiste simpática y lo escuchaste, entonces él te da una buena propina, que pueden ser otros cuarenta dólares o más. Ahhhhh. El local cierra a las 4:00 o 5:00 de la mañana y como casi todas las chavas viven en Queens se van juntas y se acompañan. ¿Cómo te parece? Cristina responde sincera: Estoy sorprendida. Es un negocio muy interesante. Bueno, entonces no se diga más, te espero a las 6:00. Si quieres, hoy no trabajas, sólo observas a las chavas un rato. Verificas que se trata de un sitio decente, es como un club de amigos. Y si te gusta, comienzas mañana. ¿De acuerdo? Sí señor. Bueno, pero no puedes ser tan seria y tímida como has sido conmigo. Tienes que ser más simpática, que se te vean las perlas en tu boca de rubí… Claro que eso con el tequila y la práctica va surgiendo. No te preocupes. Sí, señor. Bueno, te espero al rato, a las 6:00. Sí, señor, nos vemos. Gracias. Ándale.

Cristina sale de la oscuridad del local a la luz del mediodía en la calle. Se encandila. Siente que acaba de salir de una película. Deshace los pasos por la misma ruta por la que llegó, toma la línea NQR, amarilla, y en la 42 hace trasbordo para coger el tren rojo, línea 1, 2 o 3. En todo el recorrido, pese a ir sentada, no saca ni sus gafas ni su libro de *Dubliners* ni su cuaderno de clase, en el que hace las listas de palabras. Va quieta como un maniquí. Sólo se mueve su mente. Piensa en su papá. En lo que estarán haciendo a esta hora sus compañeras del colegio, sus amigos de universidad, los pescados de la Pecera.

Sale a la superficie, camina hasta la 105 y llega al edificio. Sube al cuarto piso y al entrar al apartamento prácticamente choca con una enorme bolsa negra, de las de basura, cerrada con un nudo. Se quita chaqueta bufanda gorro guantes rojos botas buzo y saco y entra a la cocina. Una nota de Miss Smith le anuncia que se fue a Londres a donde sus papás durante un mes y le pide que por ahora no vuelva, que ella la llamará cuando regrese. Piensa en los cuarenta dólares quincenales. Mierda. En la bolsa hay ropa para botar a la basura. Cristina abre la nevera y está casi vacía. Destapa una cerveza. Nunca consume nada en casa de Miss Smith pero este día perro merece al menos un trago gratis, así no le paguen por él dos dólares. No hay platos para lavar. Con la lata de cerveza en la mano va hasta la sala, abre la bolsa negra y riega la ropa en el piso. Hay unos tenis blancos bonitos. Se los mide. Le quedan pequeños. Se pone un abrigo de cuadros morados y negros. Le queda un poco estrecho pero no importa. Está hecho para el frío y con él no tendrá que usar tantas capas de ropa por debajo. Ponerse varias capas de ropa para evitar el frío se dice *to bundle up*. Esa palabra no existe en español. O sí: "ponerse varias capas de ropa para evitar el frío". Empaca en su morral dos camisetas térmicas, un pantalón elástico de sudadera y dos pares de medias calentadoras. Hay unos brasieres blancos, finos, pero son tallita 32. Devuelve la ropa que sobra a la bolsa. Cristina piensa que es una lástima que Miss Smith sea tan deportista, tan langaruta.

Entra a la alcoba y encuentra todo ordenado. Hay algo de polvo, pero no tiene sentido sacudir porque de todas formas volverá a empolvarse antes de que Miss Smith regrese, y no cree que en este momento Dios la esté viendo. El baño está limpio y la papelera está vacía. Se mete la llave en el bolsillo y baja con la enorme bolsa de ropa hasta el sótano. La bolsa no cabe por el *shut*. Vuelve a subir, entra al apartamento y regresa a su cerveza mientras mira por la ventana. Es una calle tranquila. Pocos carros. La barra de la cafetería en la que a veces almuerza antes de subir a donde Miss Smith está vacía. ¿Qué estará haciendo a esta hora su mamá? Piensa en la Foca. La Monita debe estar pegada al computador. Siempre está frente a la pantalla. Si la monita o sus tías o su mamá pensaran en ella en este momento no la imaginarían sentada en un sofá, sola, frente a una ventana, mirando a la calle y pensando en ellos a tantos kilómetros de distancia. Ni su mamá ni la Monita han ido a NY. Hasta donde sabe, tampoco la Foca. Pluma Blanca viaja mucho, pero a Miami.

Termina la cerveza y va a la cocina. En la misma nota que le dejó Miss Smith escribe su nuevo número celular y un mensaje: "Espero su llamada, buen viaje". ¿Ese viaje será *travel* o *trip*? Duda. Escribe *travel*. Ojalá sea esa la palabra adecuada. Sabe que los sinónimos no existen. Se pone su nuevo abrigo morado, la bufanda y los guantes rojos que no le combinan, pero no importa. Las ventajas de vivir donde a uno nadie lo conoce. Sale al pasillo y lanza la lata de cerveza por el *shut*. Echa llave al apartamento, entra al ascensor y antes de que se cierre atraviesa súbitamente la mano en la puerta para detenerla. Busca la llave, abre la puerta del apartamento y sin soltar el morral entra al cuarto de Miss Smith. Va directo a la mesa de noche. Abre el cajón, ahí está. Se quita el abrigo, las botas, los guantes. Se sienta en la cama, abre la caja, saca el vibrador. Lo huele. Se quita el jean, los calzones. Queda sólo con su franela de manga larga. Se acuesta en la cama. Cierra los ojos. Se levanta, va hasta el pasillo y pone el pasador manual para asegurar la puerta. Regresa a la cama, se acuesta, cierra los ojos. Abre las piernas con las rodillas dobladas. Parece una rana. Con la mano izquierda se abre y con la derecha sostiene el vibrador. Lo ubica. Se acomoda. Respira hondo y lo enciende. Espera un instante y se sienta.

Revisa, lo sacude. No funciona. Lo abre. Una pila triple A. Observa. Mierda. Abre la mesa de noche pero no hay nada. Se ilumina: busca el control remoto del televisor, saca las pilas, pone una en el vibrador. Lo prende. Perfecto. Vuelve a acostarse. Posición de rana, cierra los ojos. Se sienta, se quita la camiseta y el brasier. Completamente desnuda, se acuesta, prende el vibrador y la primera descarga le arquea la espalda. Se muerde los labios. Se pellizca los pezones, los jala. En menos de un minuto ya tiene la lengua afuera. Se le ven los dientes grandes y blancos. Las perlas en la boca de rubí. Gime. No finge. Se estira y se encoge. Labios húmedos. También la boca. El invierno quedó afuera. La cubre una oleada de calor intenso. Aguanta poco. Lo suficiente. Mira el techo, se relaja, sonríe. Espera que Miss Smith regrese rápido de Londres.

Devuelve las pilas al control remoto, limpia el vibrador en el lavamanos, lo guarda en la caja. Se pone su abrigo morado, las botas, los guantes. Regresa a la cocina y agrega "Thanks", en la nota. Sale a la calle con una sonrisa inusual. Decide que es muy temprano para irse a su casa, así que se sienta en una banca en la calle y revisa *Time Out*. Se decide por el Museo de Historia Natural, que está más o menos cerca: cierra a las 5:45 y, lo más importante, la entrada vale veintidós dólares, pero tiene las palabras mágicas: "Precio sugerido". Joaquín le enseñó que eso significa que puede entregar una moneda de cincuenta centavos y nadie la mirará feo ni le hará reproches. Puede pagar un penny si quiere. Igual que en el Museo de Arte Metropolitano.

Dos horas entre dioramas de ciervos y osos, esqueletos gigantes de ballenas, dinosaurios y muestras de asteroides, meteoritos y rocas lunares la transportan a otras épocas y universos más placenteros que el que a esta hora la espera en el Chihuahua. Aprende sobre el big bang y sonríe: tuvo uno propio hace dos horas.

Jueves

Al salir de la estación Pennsylvania, Cristina se encuentra con una enorme fila de hinchas de los Knicks de Nueva York y los Nets de Brooklyn. Muchos están vestidos con buzos y gorras de sus equipos. Casi todos son hombres, pero los hay de todas las edades, razas y estaturas. Hacen fila porque hoy comienza la preventa para asistir al draft de la NBA, que se realizará en junio. De lo que ocurra ese día dependerá cómo quedan conformados los equipos y las posibilidades de que los Knicks o los Nets puedan ganar la temporada.

Eso a Cristina, por supuesto, no le interesa, como tampoco le llaman la atención los partidos de béisbol o de fútbol americano. Acá, en cambio, todos parecen tan deportistas, tan atléticos, tan interesados en el yoga, el *spinning* o la vida saludable. Cristina tiene como opción la televisión, que le permite enterarse de lo esencial del deporte para poder vivir en sociedad sin ser vista como una desadaptada, y le evita las molestias del sudor y los músculos molidos al día siguiente.

Buenos días, ¿alguien que quiera compartir lo que escribió con todos? Arriésguense: ya sé que para leer en público lo que se escribió a solas se necesita valentía, pero acá al menos tenemos un público cautivo. ¿Quién se atreve? Gracias, Mohammad.

Hi. Trabajo en una de las cafeterías que hay en el edificio de la ONU, acá en Nueva York, hace casi tres años. Antes era funcionario público en mi país. El edificio de la ONU queda en la 42, al lado del río Hudson, en el lado este de Manhattan. Vivir acá no es fácil, porque muchas personas creen que en Irán somos salvajes o terroristas. Desconocen nuestra cultura, cine, música, literatura, gastronomía. Es una lástima porque justo acá en el Museo Metropolitano hay una colección muy completa de arte persa. Pero la gente no lo sabe. Yo nací en Tabriz, que es una ciudad grande y moderna. He conocido personas que me preguntan si en Irán vivía en cuevas, bajo tierra. También cuestionan por qué obligamos a las mujeres a llevar la burka. En Irán no se usa la burka sino el chador, pero acá no entienden la diferencia. Mi esposa usa chador, pero mis dos hijas no lo quieren usar en su colegio. Fue difícil para mí aceptarlo, pero mi esposa me convenció. Ellas no querían porque las trataban peor. Para la gente de acá, los que somos diferentes, los que no somos anglosajones, somos todos iguales, es decir inferiores. *Anyway*, en todo caso he visto más burkas en Nueva York que en Tabriz. ¿Han visto ustedes los ojos de las mujeres que usan burka? Cuánto lujo y maquillaje el que puede caber en la limitada piel de los párpados y el contorno del ojo. Acá en Occidente gustan de la sensualidad, pero desconocen que el mayor placer viene de imaginar lo que no se conoce y tan solo se sospecha. Hay que ser pacientes. Acá vivo en Staten Island, que es uno de los cinco condados de Nueva York. Todos los días tomo el ferry para ir desde la punta sur de Manhattan hasta Staten Island. El ferry es gratis y el recorrido dura casi veinte minutos. La mayoría de la gente que va en el ferry no se baja en Staten Island sino que se devuelve inmediatamente. Van porque pueden ver gratis la estatua de la Libertad. Cuando yo vi la estatua por primera vez, me pareció más verde de lo que pensaba. El viaje en el ferry es bonito, aunque ahora en invierno hace mucho viento para permanecer afuera. Me gusta ver la luz de la espuma plateada en el mar y las gaviotas que a veces se posan en cubierta. Cuando uno va de noche desde Staten Island a Nueva York, se pueden ver bien todas las luces de Manhattan. También se ve el hueco donde antes estaban las Torres Gemelas. Les recomiendo ese recorrido, y también si alguno de ustedes quiere conocer la sede de la ONU yo lo puedo llevar, al menos a la cafetería y a los jardines. Es bonita, se ven personas de todos los países, con todo tipo de atuendos e idiomas. Es quizás el único territorio en el que se ejerce el derecho humano a la libre circulación, sin visas, fronteras, requisas ni obstáculos impuestos por los distintos imperios. Gracias por escucharme.

Aplausos del grupo. Elizabeth pregunta si alguien quiere hacer un comentario y Kim le pide a Mohammad que describa Tabriz. La clase deriva entonces hacia un viaje mental al norte de Irán, cerca de la frontera con Turquía. Luego Elizabeth le pregunta a Kim por Seúl y así se van las dos horas de la clase, en una visita a distintas ciudades. En Seúl sí hay McDonald's; en Teherán y Tabriz aún no.

Cristina sale a la calle, cruza la Séptima Avenida y se hunde en Penn Station. Hay aglomeración porque una fuerte nevada en Washington y Baltimore provocó la cancelación de varios trayectos de Amtrak y los cientos de viajeros reposan acostados en el piso, con las cabezas en los morrales y maletas, esperando la programación de nuevos itinerarios. Quien vea la escena fuera de contexto no sospecharía que ocurre debajo del corazón de Manhattan.

En el metro alcanza una silla disponible y aprovecha para sacar su cuaderno. Con las gafas puestas, lee los avisos y anota palabras desconocidas. Se detiene en un anuncio de www.match.com. "Encuentros, citas, amistad, noviazgo, romance, matrimonio". Todo en un sitio web. Se acuerda del Muerto. Escribe la dirección.

Llega al edificio de los Kauffman y el portero le entrega la correspondencia: cartas de banco, una postal de Unicef, una tarjeta de invitación para la inauguración de una exposición en el Museo Judío. Por la dirección, deduce que ese museo queda cerca del Guggenheim. La tarjeta tiene imágenes de Marilyn Monroe, Barbra Streisand, Betty Boop, los hermanos Marx, Steven Spielberg, Madonna, Woody Allen y otros rostros que no reconoce. Al parecer se trata de una exposición sobre entretenimiento y judaísmo, o algo así.

Entra a la cocina y empieza por el lavaplatos. Hoy el desayuno fue cereal, yogur y fruta. En la nevera hay una nota de la señora Kauffman en la que anuncia otra vez que los niños pueden llegar temprano y que esté pendiente. Decide entonces ir primero al sótano, al *laundry*, para terminar el lavado y secado de la ropa por si llegan los gemelos.

En la lavandería retoma *Dubliners*. "Two Gallants", es decir, "dos galanes". Empieza a leer. Trata de entender. A veces se concentra y logra comprender y a veces sigue recorriendo los renglones hasta que de un momento a otro cae en cuenta de que lleva una página sin poner cuidado a lo que lee. Tiene la mente en otro sitio. Retoma la lectura: "He always stared straight before him as if he were on parade"… Los irlandeses y sus desfiles. Ayer fue el Día de San Patricio, patrono de Irlanda, y Nueva York se convirtió en una ciudad verde. Miles de personas desfilaron por la Quinta Avenida vestidas de verde, con collares, sombreros, gafas vistosas. Había comparsas, carrozas enormes y mucha música. A Cristina le llamó la atención que los policías desfilaran en desorden, haciendo bromas, con gafas oscuras y comiendo chicle. Ella está acostumbrada a las paradas militares de su país para las fiestas nacionales, en las que se marca el paso y todos van con caras serias y mirando al frente. En algún momento entre la multitud le pareció ver a Thomas, pero luego pensó que no, que a lo mejor no era él. Difícil saber porque había mucho tumulto y gente con tréboles verdes pintados en la cara. También mucha cerveza. Realmente no parecía un desfile en honor de un santo. Más bien era un carnaval. Del desfile se enteró por Rosario, que le dijo que valía la pena que cuando saliera de clase fuera a ver la parada. Dice "parada" porque en inglés "desfile" se dice *parade*. Pero a Cristina "parada" le suena a "parola". Que es otra cosa, más afín con el ambiente de san Patricio. Bueno, de san Patricio no, ella no sabe la historia del santo y si le daban o no parolas, demás que sí, como a todos los hombres, pero en todo caso más afín con los que participaron en la celebración. Viendo el desfile, pensando en *parade* y parola, Cristina concluyó que Elizabeth les enseña pocas palabras sobre sexo. Muy precavida, una vez les habló de métodos de anticoncepción y aprendió *pill, condom, pregnancy test, patch, foam*. Pero de resto sabe poco. Evalúa: *sex, fuck, cock, pussy, blowjob*. Si se da la ocasión tendrá que ser creativa y usar las palabras que sabe: *My tongue into your ear, your lips going down, your fingers around, in, into, inside*. O frases así. Saberse todas las preposiciones puede ser muy útil para un caso así.

La secadora se detiene y Cristina plancha. Acaricia la ropa con la mano caliente. La ropa interior de los Kauffman es fea: Jacob compra por docenas idénticos calzoncillos largos, blancos y térmicos. Rachel usa brasieres y calzones grandes, sin encajes, casi siempre blancos o habanos. No usa tangas ni transparencias. Mucho menos *baby dolls*.

Regresa al apartamento y organiza la ropa. Entra al estudio, sacude y se monta en la banda caminadora. Hunde un botón y escucha un pito, empieza a caminar y en la pantalla se registran sus pulsaciones. Después de un minuto se aburre, así que se baja y pasa a ordenar el baño de los Kauffman. Se pone una peluca de Rachel y se mira en el espejo. Se toma un buen tiempo sacándose espinillas de la nariz y el mentón. Luego, con el rostro enrojecido, se observa: la peluca le aumenta al menos diez años. Cristina recuerda a Robert De Niro en *Taxi Driver*, cuando le dice al tipo del espejo: "¿Estás hablando conmigo?"

Suena el citófono. Baja a contestar. Es el joven marroquí de la lavandería. Cristina lo espera en la puerta del ascensor que se abre en la sala del apartamento. Él le

91

sonríe y se sonroja, como siempre, pero más. La observa, pero no dice nada. Es muy tímido. Ella le ofrece un vaso de agua. Responde que no, que hoy está ayunando. Eso es lo que ella le entiende, no sabe cómo se dice "ayunar", pero él es enfático en que no puede tomar nada. Deja el recibo para que Mrs. Rachel pague por internet y se va en menos de un minuto.

Al ver el ascensor que se abre, el espejo del fondo refleja su rostro con la peluca de Rachel. Se avergüenza con el marroquí y con el portero que en este momento la debe ver. Al cerrarse la puerta, se sienta en el piso y con la peluca en la mano se le ocurre una idea que es como una revelación: el apartamento debe tener cámaras ocultas. No sólo el ascensor. Mira de reojo las esquinas de los techos, pero no ve nada. Sin embargo, este apartamento tiene tantas cortinas, cuadros y espejos que en cualquier parte pueden estar. Además, Mr. Jacob trabaja en una tienda de video. Cristina pasa de la duda a la certeza. Cómo pudo ser tan ciega, tan idiota. Recuerda el día de la diarrea *express*. Debieron burlarse de ella. También la habrán visto cuando se probó la kipá de Jacob, o hincada en la tina fregando el piso. Y aunque eso es lo que se espera de ella, quisiera que nunca nadie la viera en esa posición, lavando baños e inodoros. Se siente humillada, impotente, y siente además que eso se refleja en su cara, que a esta hora el señor Jacob debe observar desde el computador de su oficina.

¿Se jalará él su pipí circuncidado mientras la observa a ella en cuatro, moviendo el culo y con la camiseta mojada, lavando el piso de su bañera?

Por pensar pendejadas los patrones deben ver en las cámaras que lleva diez minutos sin hacer nada, con la peluca de Rachel en la mano.

Arregla el cuarto de los gemelos. Organiza la ropa, que siempre está revolcada, los zapatos. Hace rollitos con los pares de medias. Recoge juguetes y paquetes de mecato que ellos esconden debajo de la cama. Sus papás no los dejan comer galguerías en la casa.

Regresa al estudio con la vista baja. La debieron ver montada en la caminadora. No quiere mirar directamente al frente como si estuviera en un desfile, no quiere que le vean la cara. Se siente observada y eso le da una rabia enorme. Ella no roba, no usa las cosas de sus jefes, esculca sólo lo normal, pero se siente un ser inferior sabiéndose vigilada. Como una rata de laboratorio que un científico controla. Como los animales del zoológico del Bronx de los que habló Kim.

A las 2:00 llegan los gemelos. Se llaman Isaac y Aaron, pero Cristina no sabe cuál es cuál. Son idénticos y más pequeños que Harold Gustavo. Anuncian que tienen hambre, y aunque Cristina no cocina, les dice que buscará algo para darles. Ellos dicen que almorzaron en el colegio, pero quieren volver a almorzar.

En la nevera encuentra carne molida congelada y una especie de pan sin levadura. Se le ocurre que puede prepararles una hamburguesa. Mientras asa la carne, busca cebolla, tomate, lechuga, salsas. Como los señores Kauffman son tan estrictos con lo del dulce y las golosinas, decide servirles un vaso de leche con Nesquik.

Mientras cocina, Cristina les conversa. Es una oportunidad para practicar inglés. ¿Cuántos años tienen? Ya casi vamos a cumplir siete. ¿Cuándo? El 19 de abril. No puede ser... ¿De verdad? Ese día yo también cumplo años... Los gemelos se ríen. ¿Cuántos cumples tú, Cristina? Treinta y dos. Oh, eres muy vieja. ¿Tienes hijos, Cristina? No. ¿Y esposo? No. ¿Y por qué no te casas y tienes hijos? Porque no he encontrado marido. ¿Y por qué no lo encuentras? No lo sé. Debe ser porque no sabes hablar bien. Pero eres linda, Cristina. Gracias, ¿cuál de los dos dijo eso? Yo, es decir, Aaron. OK, entonces por decirme algo bonito dejaré que tú escojas cuál de las dos hamburguesas quieres comer.

Cristina aprovecha que ellos almuerzan para sacar su sánduche del morral. También saca una pera y se sirve un vaso de agua de la llave. Cristina, en nuestro colegio nos enseñan español. Mamá dice que tú hablas español, ¿es verdad? Sí. ¿Podrías revisar nuestra tarea? OK. Isaac deja su hamburguesa casi intacta y vuela a buscar su libro del colegio. Se lo pasa a Cristina. Ella se levanta y va hasta su morral para traer las gafas. Hay diálogos con espacios en blanco que el niño debe completar. Observa que muchos de los ejercicios están desarrollados correctamente pero el profesor ha puesto una carita triste en vez de una carita feliz (a ella la calificaban con equis y chulos). Cristina le pregunta a Isaac cuál es el error que encontró su maestro en la frase: "Podría usted decirme la hora, por favor" e Isaac responde: La palabra correcta no era "decirme", sino "indicarme". Aaah. ¿Tu maestro es mexicano o español? No, es de Israel. Aprendió español en un intercambio. Aaah. Cristina recuerda sus clases en el Gimnasio Guayacanes y se siente aliviada de haber dejado todo eso atrás. La felicidad de la infancia también está sobrevalorada, así como el amor.

Están terminando sus hamburguesas cuando llega la señora Rachel. Los gemelos salen a recibirla. Ella entra a la cocina y su rostro se desencaja. ¿Quién les preparó eso? Yo. Llegaron con hambre del colegio y no quise darles dulces o *soda*. Me pareció que esto era más sano. ¿Hice mal? Rachel les pide a los niños que se retiren. Mis hijos están bendecidos. Nuestra comida es especial. Usted no debe tocarla. No está bendecida. Cristina está atónita. Rachel habla tan rápido que no alcanza a comprender todo lo que dice, pero los gestos completan lo que el oído no entiende. Luego Rachel se calla y le pide que se vaya. Cristina, con voz apenas audible, pregunta por sus ochenta dólares y Rachel responde, *oh yes, off course*. Le consulta si quiere que regrese el lunes y Rachel se transforma: Oh sí, claro, nosotros te apreciamos mucho. Sólo quiero que entiendas que no debes tocar nuestros alimentos porque eres impura. De resto, todo está bien.

Antes de salir a la calle, Cristina se pone unos guantes cafés, de lana, sobre sus polémicas manos.

Lunes

From: cristinamejjias@hotmail.com
To: Undisclosed recipients

Hola a todos. ¿Cómo van? Yo bien. Se supone que técnicamente hoy empieza la primavera pero acá sigue cayendo nieve como si nada. El clima no se entera del paso del calendario. Sin embargo en las vitrinas ya se ve ropa florida, muchas batas, vestidos, y en Time Out, la revista que siempre leo para enterarme de las actividades para hacer en la ciudad, ya están anunciando conciertos al aire libre. Me parece buenísimo. No veo la hora de poder sentir un tris de calorcito, o al menos de poder salir sin guantes.

En la clase de inglés voy bien. Improving, que traduce "mejorando" aunque suene a "improvisando". Cada vez entiendo más lo que la gente dice y he aprendido mucho vocabulario.

Escríbanme así sea cortico. Necesito seguir manteniendo contacto con cada uno de ustedes.

Saludos,

Cris.

From: cristinamejjias@hotmail.com
To: luciasalazar01@gmail.com

Hola mamita linda:

¿Cómo estás? Yo muy bien. Tú sabes que a veces el clima y la soledad no ayudan, pero esta es una oportunidad buena para mí.

Te cuento que la búsqueda de empleo a través de la agencia va regular. No quiero pensar aún que me tumbaron, pero he ido a cuatro sitios distintos. Yo voy a la agencia y ellos me dan una tarjeta y me envían a un restaurante y se supone que allá me emplean. En realidad, en cualquiera de los cuatro podría estar trabajando ya, pero el problema es que todos son por propinas, ninguno me ofrece un salario básico y además el horario es de noche. A lo mejor soy muy floja, pero nunca he trabajado de noche, así que por ahora prefiero seguir buscando y mientras tanto quedarme con lo que tengo, que es poquito pero estable.

Cómo vas con el negocio de la pirámide? Y la inmobiliaria?

Saludes a las tías

Tu hijita que te adora.

From: monitalinda1983@gmail.com
To: cristinamejjias@hotmail.com

Quiubo mija... espero que le esté yendo súper porque a este paso me voy a ir a hacerle compañía. Imagínese que el Supremo perdió en las elecciones. Después de tantos años no vuelve al Senado y entonces acá en la Pecera el ambiente es de velorio. Por supuesto el Supremo salió diciendo en el noticiero que le robaron las elecciones, que todo fue un fraude, pero la verdad es que el viejo ya está cucho y la gente no es boba, sabe que es ladrón y se mamó de votar por él. El que le ganó la pelea no es que sea un santo, pero al menos que roben otros. Bueno, el caso es que nuestro jefe Pluma Blanca se quedó sin senador y si quiere hacer alguna cosa en esta Alcaldía le tocará negociar con los nuevos dueños de los votos y eso significa darles puestos. ¿Cuáles puestos? Los de nosotros. Así que acá todo el mundo está empacando maleta o buscando nuevo padrino. A Yovani Albeiro se le acaba el contrato la semana entrante y ya le dijeron que no se lo van a renovar. Lo mismo a Catalina la modelito de Protocolo. El mío va hasta junio. Mejor dicho: usted hizo como una santa yéndose, en vez de esperar a ver si a la Foca le daba la gana de hablar con Pluma Blanca para que la volvieran a enganchar. La Foca es otra que está con un pie afuera, porque el respaldo de ella no es ni siquiera Pluma Blanca sino el Supremo, y el Supremo ahora vale 3 centavos.

Por lo anterior, el motivo de la presente es, además de contarle los chismes, pedirle que porfa hable con su mamá para que me meta en la pirámide de la que me habló. Yo puedo ahorrar juiciosa de acá hasta junio para tener un colchón cuando se me acabe el trabajo. Albeiro también quiere meter ahí la plata que le den de la liquidación.

Y no se me delique tanto por haberle hablado del Muerto. Tranquila que yo no le vuelvo a nombrar al innombrable.

Picosssss

Después de revisar su correo, Cristina entra a match.com. La página le da la bienvenida y le pide diligenciar un formulario con todo tipo de preguntas: edad, nacionalidad, peso, talla, hobbies, religión, tendencia política, nivel educativo, alergias, enfermedades, color de piel, último concierto al que asistió, último libro que leyó, última película de cine, restaurante favorito, color favorito, tatuajes, discapacidades, mutilaciones o cicatrices. Hitler habría disfrutado de un juguete así. Además debe indicar si es una mujer buscando hombres, mujeres, ambos, y qué tipo de relación busca. Por fortuna puede elegir varias opciones. La página indica que puede publicar su foto o no, pero si lo hace tiene más posibilidades de éxito. Busca en su correo electrónico una foto que le mandó a su mamá en diciembre, antes de Navidad, junto a un muñeco de nieve. Se la tomó Harold Gustavo con su celular. Aparece con gorro, bufanda, guantes y chaqueta y quedó un poco movida. Se ven muy pocos centímetros de piel. Muestran más las iraníes con chador. Pero como no hay más, publica esa. La foto es verídica y el nombre también. Le daría pena que alguien de la Pecera, del colegio o de la universidad, la encuentre algún día buscando novio por Internet, pero tampoco quiere mentir, así que en www.match.com ella es Ángela. Las ventajas de tener nombre compuesto.

La página anuncia que si paga diez dólares mensuales, que se descuentan de su tarjeta de crédito, podrá publicar más fotos y detalles de ella y acceder a más información sobre sus posibles parejas. Como no tiene tarjeta, ni lo piensa. Ya escribió su perfil y ahora la pantalla pregunta por el tipo de hombre que busca. Si lo tuviera claro a lo mejor no estaría en internet, pero hace la tarea. Piensa en el Muerto. Piensa en Thomas. Sean Penn seguramente no consigue novias por www.match.com. Escribe que busca alguien mayor que ella, que viva en Nueva York. Soltero o separado. Casado no. No quiere una aventura clandestina. ¿Por qué no? No estaría mal… Es muy exigente. Su mamá le enseñó a no ser plato de segunda mesa. Que tenga estudios universitarios. Demócrata… Le parece un imposible ideológico la unión "republicano-inmigrante", aunque tantos latinos, sobre todo los de Miami y Texas, vayan como borregos a votar por el partido del elefante. La pantalla dice que hay treinta millones de usuarios esperando por ti y 25.381 están en línea ahora. En fin. No hay una casilla para poner su celular, así que sólo puede publicar su mail. Podría ponerse ya mismo a mandarles *likes* o clics a los prospectos que le gusten, pero por ahora prefiere la manera tradicional: ya anunció que está disponible, ahora se dedicará a esperar a que el hombre proponga y ella disponga. El que ofrece mucho es porque está encartado con la mercancía.

Navega revisando opciones. Se siente como en un supermercado, eligiendo entre distintas marcas de champú. Los que no publican fotos no tienen chance. Aparecen muchos hombres viejos. Afina sus preferencias: máximo cincuenta años. Entre treinta y dos y cincuenta años. ¿Thomas tendrá cincuenta? Tiene más, pero Thomas es una excepción. También hay muchos asiáticos. Indica que asiáticos no. La Monita dice que los chinos lo tienen chiquito. Los negros lo tienen grande, pero negros tampoco. Su mamá se infartaría con un yerno negro. Más que exigente, es jodona. Y racista. Y clasista. Y mojigata. Pide como si fuera una abogada de Wall Street y no una sirvienta. Cristina nunca usó la palabra "sirvienta". Siempre dijo "muchacha del servicio" o "empleada doméstica". Cuando estaba en el colegio, su papá visitaba las fincas para dar asistencia técnica y además era profesor en la Facultad de Agronomía. Aunque su mamá no trabajaba y estaba en la casa todo el día tenían a Marlene, una empleada que hacía todo el oficio, incluso cocinar, que es lo que no hace Cristina. Y ganaba en pesos, no en dólares. "Muchacha del servicio" en inglés se dice *housekeeper*. También se dice *maid* aunque *maid* es más elegante, como para las que trabajan en hoteles y no en casas de familia. O al menos así es como le suena a Cristina. No le ha preguntado a Elizabeth sobre ese tema. No quiere levantar sospechas.

Está en la tarea de revisar rostros cuando suena su celular. Es Belinda, la enfermera del *basement* de los viernes. Le habla despacio y duro. Dice que en el hospital donde trabaja se presentó "una situación", y una familia necesita que alguien asee un apartamento. Es urgente. Cristina dice que hoy ya no puede pero mañana sí. Era el día de Miss Smith. Belinda dice que OK, que cuánto cobra por todo un día. Cristina dice que cien dólares, pero que le pongan los implementos de aseo. Escucha que Belinda habla con alguien. Te dejarán doscientos cincuenta dólares. No saben qué hay allá, pero si no hay lo que tú necesitas, vas y compras lo que te haga falta y te quedas con el resto. ¿Está bien? Sí, claro. Lleva tapabocas. ¿Llevo qué? Tapabocas. Algo para cubrirte nariz y boca. OK, no hay problema. Belinda le da la dirección. Es en Little Italy.

Dice que en la portería le dejarán la llave del apartamento 206. Se despide.

Doscientos cincuenta dólares. Decide darse un premio por adelantado y va a un Starbucks enorme en Times Square. Revisa todas las opciones del menú y pide un capuchino de dieciséis onzas con una torta de chocolate caliente. Se sienta en un sofá junto a la ventana. Ve las luces y el movimiento de la calle. Una pantalla indica que el índice Nasdaq cerró al alza en Wall Street. Seguramente, eso es una buena noticia para mucha gente en esta ciudad. Come despacio. Su mamá, cuando comía arequipe, le decía: "Quince días en la boca", para forzarla a comer de a poquitos y saborear cada bocado. El local está casi lleno. Fantasea con que en este momento algún neoyorquino o algún turista se siente en su sofá porque no hay más mesas disponibles. Una ambulancia intenta abrirse paso por Broadway. Alcanza a contar veintidós taxis. También ve desde ahí cuatro limosinas. De pronto, sin mediar palabra, tres adolescentes se sientan en su mesa. Cristina dice *Hi*. Sólo una la mira y responde con una sonrisa. Pidieron unos granizados enormes, *brownie* con helado, torta de manzana y rollos de canela. Cristina mira fijamente hacia afuera, pero se concentra en lo que hablan. Activa su oído miope. Inclina un poco la cabeza hacia la izquierda para pegar su oreja de chica latina a la conversación gringa. Trata de entender la charla sin mirarlas. Al parecer, hablan de otra amiga, alguien de su colegio que estuvo en la fiesta de Kevin. Eso es lo que entiende pero se le escapan palabras. Kevin salió en un capítulo de un programa de televisión muy popular. Ella no ha oído sobre ese programa. Va a haber un concierto de Peter Blue, o algo así. Cristina no sabe qué tipo de música es. Las boletas las venden desde el próximo lunes por internet. Cuestan ochenta dólares. Las tres van a ir. Las barreras idiomáticas son también culturales. Así algún día entienda cada palabra que oiga, nunca comprenderá bien las conversaciones sobre programas de televisión, o cantantes, o películas. Le pasa lo mismo que con los refranes: entiende el sentido literal, pero desconoce qué representan. De pronto, una de las tres murmura algo en voz muy baja y las otras dos miran a Cristina y se ríen. Cristina ve cómo la miran a través del reflejo de la ventana.

Martes

Madruga. Decide faltar a clase porque Belinda fue enfática en preguntar cuánto cobraba por todo un día. Quizás el apartamento es grande, o está muy sucio. Belinda dijo que a lo mejor le tocaba ir a conseguir utensilios de limpieza. Ayer compró un tapabocas en una farmacia y empacó en su morral un trapo, un cepillo y un jabón, que le pidió prestados a Rosario.

A las 6:30 a.m. el metro no está tan lleno como una hora más tarde. Un vendedor cruza los vagones pregonando "battery, battery". Varias personas duermen: regresan a esta hora a sus casas.

En Grand Central deja la línea 7, morada, y toma la línea 6, verde. Se baja en Canal Street y atraviesa Chinatown. Aunque es temprano, ya hay mucho movimiento en la calle: ventas de frutas, de pescado, de especias. Hay enormes acuarios con peces, anguilas, tortugas. El cliente selecciona el animal vivo, lo matan en cuestión de instantes y se lo lleva fresco para el almuerzo. El comercio todavía está cerrado, pero un joven que la ve con el mapa en la mano, porque va buscando una dirección que no conoce, la confunde con una turista latina y le dice "caltela, caltela". Ella le dice que no está interesada pero él insiste en mostrarle "imitaciones originales" —así dice—, de Gucci, Dolce & Gabbana, Prada y Chanel. Las carteras falsificadas se exhiben en espacios pequeños y mal ventilados, ocultos detrás de almacenes que sirven de fachada. El almacén da a la calle y una vez adentro, como por arte de magia, el joven que contactó al turista en la calle corre una pared falsa para ingresar al paraíso de la copia. Cristina conoció el negocio cuando asistió a la celebración del Año

Nuevo chino, en medio de una nevada fuerte, que sin embargo disfrutó por el colorido de la fiesta. Ese es el año de la serpiente. También venden culebras para el almuerzo.

Por fin, luego de voltear por calles estrechas, logra llegar a la dirección. Es un edificio de cinco pisos con escaleras de emergencia en la fachada. Cristina se anuncia y el vigilante le sonríe y le entrega un sobre marcado con su nombre. Lo abre y están los doscientos cincuenta dólares, una llave y una nota: "Muchas gracias por su ayuda. Lo importante es quitar el olor". Cristina lee y mira al vigilante, pero él ya está entretenido, viendo en diferido el primer partido de los Yankees en la temporada de béisbol de este año.

Sube los dos pisos por las escaleras y ubica la puerta marcada con el 206. Abre la puerta e inmediatamente un olor nauseabundo entra como cuchillo en su nariz. Sale al pasillo y vuelve a cerrar la puerta, asustada. Se quita la chaqueta, los guantes y el buzo y los guarda en su morral. Saca los implementos de aseo. Se pone el tapabocas encima, se cubre boca y nariz con la bufanda. Por último, se quita las botas y vuelve a abrir la puerta.

Las ventanas están abiertas. En este invierno nadie abre las ventanas, pero acá están todas de par en par. Aún así, el olor es penetrante. Cristina explora el apartamento: una alcoba, un baño y la cocina. Es un espacio pequeño. Tiene los ojos enrojecidos y con la mano aprieta la bufanda contra su nariz. La puerta de la cocina está cerrada. Cristina entra y confirma que ahí el olor es menos intenso. Revisa la basura, está vacía. Verifica la nevera y también está vacía, aunque conectada. Recuerda que una tía suya se fue una vez de viaje y dejó una carne en el congelador. Estando por fuera, la nevera se dañó y cuando regresó, seis semanas después, el apartamento olía a muerto. Tres kilos de carne con gusanos, dentro de un congelador a temperatura ambiente.

Abre las alacenas. No hay comida, pero hay platos, cubiertos, pocillos, ollas. Hay una cafetera. Encuentra un balde, un cepillo y jabón, trapero y escoba. Piensa qué hacer. No tiene idea. Nadie le ha enseñado a quitar olores putrefactos. En su casa nunca hubo olores así. Para eso estaba Marlene, la empleada. Tendrá que bandearse. Se anima: la vida la ha vuelto experta en conjugar el verbo "bandear". Deja el balde junto con sus propios utensilios de limpieza dentro de la cocina. Humedece el trapo que llevó y se lo amarra sobre el tapabocas, debajo de la bufanda. Se presiona la nariz y llega en dos zancadas a la alcoba. La habitación es pequeña, tiene una cama sencilla, un nochero y un clóset. No se ve desorden, pero sí polvo acumulado. Se asoma debajo de la cama y no identifica la fuente del olor. Pensó que de pronto podría encontrar un gato o un perro muertos, pero no hay nada.

Sale de la habitación y entra al baño. Ahí huele menos. Está todo limpio y no hay basura. Abre la llave de la ducha y la del lavamanos y las deja correr. Va a la cocina y hace lo mismo con la llave del lavaplatos. No sabe ni por qué hace eso pero es la única idea que se le ocurre. Que el agua arrastre el olor.

Toma su morral y sale a la calle. Ahora vuelvo, le anuncia al vigilante. Siente que toda su ropa apesta. A lo mejor es sólo su impresión. Camina dos bloques, hacia Chinatown, y encuentra una cancha de baloncesto con una banca de cemento. Pese al frío, se sienta a pensar. Después de dos minutos en posición de estatua, toma su celular y llama a Belinda. Timbra y timbra hasta que la llamada se va a buzón. No deja mensaje. Mira a su alrededor. Sólo hay restaurantes chinos y ventas de pescado. También un templo budista. Observa una empresa de transportes con buses a Boston y Washington, y al lado una cabina de giros e internet.

En la cabina pregunta por una tarjeta para llamar por teléfono. Le dicen que sólo tienen tarjetas para China, Corea, Vietnam, Camboya, Indonesia, Malasia, Filipinas y Tailandia. Pregunta si hay alguna forma de llamar a otros países diferentes. La dependiente habla en mandarín con otra persona. Parece como si discutieran. Responde que sí, que son diez dólares por minuto. Es un atraco pero accede. Da el teléfono para llamar a su casa y la dependiente marca desde el teléfono del negocio. Le pasa el auricular. Timbra cuatro veces. Aló. Hola, mami. Hola, ¿qué te pasó? ¿Estás bien? Sí mami, todo bien, no tengo mucho tiempo, es que necesito que me des algún truco para quitar un olor fuerte. ¿Qué? Qué necesito un consejo para quitar olores, rápido mami, que no tengo tiempo. Pues prende un fósforo. No es un pedo, mami, es un olor más penetrante, en un apartamento que estoy arreglando. Usa bicarbonato de sodio. Acá no creo que se consiga de eso. Entonces vinagre, o alcohol. ¿Es un olor a qué? No sé, a podrido, como a rata muerta. Ensaya con vinagre. Chao, mami, que me voy a pasar del minuto. Te amo mucho.

Paga los diez dólares y pregunta dónde hay un supermercado. Le indican que en la esquina, pero en la esquina lo que hay es una verdulería: venden todo tipo de frutas, hortalizas y verduras que Cristina jamás ha visto. Lo que busca es otra cosa. Son más de las 9:00 a.m. y no ha empezado su trabajo. Camina hacia Broadway. Encuentra una farmacia. Compra tres tapabocas grandes, tipo máscara, como los que usan los pintores, dos botellas de alcohol, algodón y un Vick Vaporub. Pregunta si venden ambientador, pero no tienen. Le indican un negocio a dos bloques. Camina y encuentra uno de esos almacenes de "Todo a un dólar", en los que no todo vale eso, pero se consiguen objetos variados. Encuentra un ambientador en *spray*. Compra dos frascos. También compra fósforos y una vela de olor. Averigua dónde puede encontrar una botella de vinagre y le señalan el barrio italiano. Camina hacia el apartamento. Compra en una venta callejera, cerca del templo budista, unas varitas de incienso con olor a sándalo. En la esquina del edificio encuentra el vinagre. En total, gastó diecinueve dólares con treinta centavos, incluyendo la llamada.

Saluda al vigilante. Sube los dos pisos y antes de entrar se unta Vick Vaporub en la nariz, se pone el tapabocas y enciende la vela de olor. Parece que fuera a hacer un exorcismo. Abre la puerta y deja la vela en el dintel de la alcoba. Luego entra a la cocina, cierra la llave que dejó abierta y busca ollas. Encuentra cuatro, de distintos tamaños. Mete en cada una algodones empapados de alcohol y lanza un fósforo. El fuego se enciende al instante. Va hasta el cuarto y ubica una olla sobre el nochero y las otras tres en el piso, equidistantes entre la pared y las puntas de la cama. Confía en que el fuego absorba el olor. Parece el velorio de un fantasma.

Después enciende las varitas de sándalo: —doce varas al tiempo—, y las pone sobre platos en distintas partes del apartamento: el baño, el pasillo de ingreso, la cocina, la alcoba.

Regresa a la cocina y mezcla en el balde agua, jabón, alcohol y vinagre. Respira profundo, se unta más Vick Vaporub y camina rápido hacia la alcoba. Riega parte de la mezcla sobre el piso y pasa el trapero. Termina de mapear y cierra la puerta, dejando la olla con alcohol y las varas de incienso encendidas adentro.

Baja a la portería y averigua si tienen *laundry*. Confirma que sí y sube otra vez al apartamento, toma los tendidos de la cama: ropón, duvet, cobija de plumas, sábanas, almohada. No sabe si eso se daña o no en la lavadora, pero decide correr el riesgo. "Lo importante es quitar el olor", decía la nota. Baja a la lavandería y enciende las lavadoras. Utiliza las cuatro disponibles. Después pasa todo a la secadora. La almohada de plumas quedó algo deforme, pero la cobija y el ropón se ven bien y al menos huelen a limpio. Los sube al apartamento y los guarda en la cocina. Entra a la alcoba. Duda. No sabe si se está acostumbrando o si el olor sí se está yendo.

Agrega alcohol en la olla de algodones, que ya tiene poco fuego, y prepara en el balde una nueva mezcla de vinagre, alcohol, agua y jabón. Sumerge el trapo y se va con el balde hasta el cuarto. Remoja las paredes, la puerta del clóset, la mesa de noche, la cama, el vidrio de la ventana. Pone el trapo sobre el trapero y mapea el techo. Todo el cuarto queda recorrido por la mezcla. Repite el ejercicio en el baño, el pasillo y la cocina. Suda, por el calor y el esfuerzo. A las 12:00 m se siente exhausta pero satisfecha, aunque cree que es prudente esperar un rato para volver a untar la mezcla por todas partes. El apartamento es una bomba a punto de explotar, con fuego encendido y líquidos inflamables en las paredes, pero Cristina no piensa en ese tipo de pendejadas. Se siente orgullosa de que sus menjurjes hayan resultado efectivos y se recuesta en el colchón desnudo de la cama a recuperar fuerzas para repetir la maniobra.

A los pocos segundos de reposo se incorpora, sobresaltada. Comprende que está acostada en la cama del muerto. Que un olor así sólo puede provenir de un muerto y que el muerto tuvo que morirse en esa cama y permanecer ahí, solo, un buen tiempo. Esa fue "la situación" que mencionó Belinda. Abre el cajón del nochero y está vacío. Abre el clóset y también está casi desocupado. No hay ropa ni zapatos. Quedan sólo algunos papeles revueltos, como recibos y documentos que llegaron a última hora.

Cristina ojea. No encuentra nada revelador. Varios folletos publicitarios, uno de Macy's, otro de Bloomingdale's una factura de teléfono celular sin pagar, a nombre de George Martini. Cristina anota el nombre y el teléfono. Vuelve a encender las velas de olor apagadas, retoma el trapero y cubre otra vez paredes, piso y techo del apartamento con la mezcla de agua, vinagre, jabón y alcohol. Recoge los tendidos de la cama en la cocina y arregla la alcoba. Le parece que huele a mugre revuelta, pero ya no huele a muerto. Se quita el tapabocas. No siente ganas de vomitar. Descarga los dos tarros de ambientador en spray en la alcoba del muerto y deja abiertas las puertas y las ventanas. Recoge las cenizas de las varitas de sándalo, apaga la vela de olor, que apenas se consumió hasta la mitad, y la deja sobre el nochero. Abandona el apartamento con más de doscientos dólares en la billetera y la duda enorme sobre cómo fue que George Martini duró varios días muerto en su propio hogar sin que nadie lo extrañara. Piensa en su papá. Este vigilante, que la despide con una amable sonrisa mientras en la pantalla aplauden un *home run*, sin duda es un imbécil.

Miércoles

El canal del clima pronosticó que esta semana la temperatura oscilaría entre tres y diez grados, y así ha sido. Para este miércoles se prevé una temperatura de nueve grados y Cristina aprovecha este verano para dejar en su morral el gorro, los guantes y la bufanda, y atreverse a salir con un jean sin sudadera ni medias por debajo, y un buzo de cuello tortuga con una chaqueta por encima. Cuando pisa la calle siente el viento helado en la cara, pero lo compensa con el azul del cielo. Parece que ahora sí la primavera se aproxima y al menos se siente más liviana para moverse.

A las 7:15, el metro está atestado de gente. "Atestado" se dice *crowded*. En medio del tumulto, con el tren en movimiento y la grabación con la voz masculina que advierte: "Please don't lean against the door", un turista alemán enorme empieza a decir, primero como un susurro y luego a los gritos, que alguien le acaba de robar su cámara fotográfica. El metro se detiene, entra un policía, la gente protesta porque es la hora de ir al trabajo. El alemán está desencajado. Dice que está de luna de miel, que tiene ahí todas las fotos del viaje, que por favor le devuelvan la cámara. En el vagón van más de cien personas. Pronto llegan más policías y ordenan a todos bajarse del metro y ubicarse en filas. Hombres a un lado, mujeres al otro. Cristina quiere llorar. Siente pánico por sus papeles falsos. Tres policías mujeres requisan a su grupo. Las que pasan la requisa se pueden ir. Cristina decide pasar adelante rápido. En NY todo el mundo va de afán y si ella se queda de última puede levantar sospechas. Queda junto a una chica trans. Cristina la mira con curiosidad hasta que una policía

110

le grita "next!". Cristina desocupa su morral. Saca el cuaderno, el libro de clase, *Dubliners*, la billetera, los guantes, la bufanda, el gorro, un sánduche, las gafas, una manzana, *Time Out*, un mapa del metro, una vara de incienso. Se para con piernas y brazos abiertos. La catean como recordándole quién tiene el poder. No le abren la billetera. La dejan pasar. Esto podrá ser el primer mundo, pero tiene inmigrantes hasta del cuarto mundo y rateros que hablan en todos los idiomas.

Entra tarde a clase. Elizabeth la mira severa y le recuerda que la clase es a las 8:00. Cristina dice que acaba de ocurrirle algo en el metro que les quiere contar y pasa al frente. Cuando termina de narrar su historia, Kim cuenta, como gran novedad, que la cámara que perdió cuando fue al zoológico del Bronx todavía no ha aparecido. Que hace poco volvió a la estación de Policía donde presentó la denuncia, pero al parecer no han investigado su caso, según les cuenta indignada.

Sale de clase y el clima está tan agradable que decide caminar hasta el café internet. En la calle 34 decoraron los postes de energía con canastas con flores. Siempre pensó que el cambio de estación era una cosa paulatina, que poco a poco el clima comenzaba a calentarse, pero ahora descubre que no: que en cuestión de una semana el paisaje, la temperatura y la moda se transforman.

From: Osman5555
To: Angelamejias

Hola. Vi tu foto y tu perfil. Eres muy sexy. Soy soltero, tengo 40 años, nací en Ankara pero vivo en Nueva York. Trabajo en Old Navy. No deseo perder el tiempo con rodeos. Estoy buscando esposa. ¿Quieres casarte conmigo? Chequea mi perfil. Si te interesa, organizamos una cita. Tengo ingresos anuales superiores a US$200.000. Soy musulmán. Espero no sea inconveniente. No soy ortodoxo.

From: DavidManhattan
To: Angelamejias

Me encantan las latinas cachondas y ardientes. Puedo hacerte pasar muchas horas de placer. Tengo un sitio en los Hamptons que te encantará. Si quieres podemos ir este fin de semana. Ponte ropa interior roja y confírmame a este mail.

PD: me gustan depiladas.

From: SilvestreParedes
To: Angelamejias

Un saludo. Si buscas legalizar tu situación de inmigrante en los Estados Unidos, nos podemos casar ya mismo. Soy cubano, tengo los papeles en regla. Podemos organizar la boda en cualquier juzgado de la ciudad. Conozco uno que facilita las cosas en el Bronx. Mi último divorcio fue hace dos años. Cobro US$7.000. No transo en el precio pero sí podemos negociar la forma de pago.

From: Jorgemariooortiz
To: Angelamejias

Hola. Qué rico encontrar una paisana en Match.com. Yo también vivo en Nueva York, en Queens. Llegué hace 3 años, pero todo eso te lo puedo contar con un café y una empanada, en un sitio típico que conozco. ¿Te parece?

Cristina lo piensa. Entra al perfil, mira la foto. Es costeño. También lo elimina. No vino a NY a buscar paisanos, y menos uno que seguramente debe ser parrandero y tomatrago. O mujeriego. O de los que oyen vallenato desde las 8:00 a.m. Además, no se ve churro.

112

From: FingersClubSpaNY
To: Angelamejias

Hola. ¿Quieres morder la Gran Manzana? Fiesta sexo-electrónica "Welcome to Spring".
Viernes 29 de marzo – Fingers Club Spa. Broadway 1306. 11:00 p.m. DJ DonovanPink.
Tríos, parejas, grupos. Swinger. Sexo homo, hétero, bi, oral, anal. Penetración simultánea doble o triple. Shows en vivo.
Latinos, asiáticos, negros, judíos. Aeromozas, colegialas, conejitas, enfermeras. Militares, vaqueros, faraones, cosacos, policías y nuestros héroes: los bomberos de Nueva York.
Cuartos oscuros.
Cabinas individuales completamente equipadas.
Ven sola o acompañada; vestida, desnuda o disfrazada.
Mujeres: entrada gratis y barra libre.
Imprime este correo para ingresar.
Nos reservamos el derecho de admisión.
Solo mayores de 21 años.

From: Johncarrington@aol.com
To: Angelamejias

Hola. Vi tu foto. No se ve mucho. Me gustaría verte mejor. También me gustan el jazz y Joyce. Te invito a un vaso de vino. Saludos.

Cristina piensa por qué en inglés se dice "vaso de vino" y no "copa de vino", si lo sirven en copas. Revisa el perfil de John Carrington. Treinta y cinco años, veterinario, separado, dos hijos. Irlandés. Vive en el Bronx. Es pelirrojo. No le gusta que tenga hijos, pero un nombre tan gringo le causa curiosidad. Responde: Hola, OK, gracias. Dime cuándo y dónde nos vemos. Envía el mensaje. Piensa que no debió poner "gracias". Pensará que está necesitada. El mensaje suena además como a una orden: ¡Concrete, pues!… Pero ya es tarde, ya lo envió.

Sale del café internet y camina por la 42 hasta Grand Central. Atraviesa Times Square, el Bryant Park —que ya no tiene la pista de patinaje en hielo y ahora está decorado con tulipanes— y la Biblioteca Pública Municipal, un edificio enorme, imponente, con leones de mármol que custodian la entrada. Ingresa a Grand Central, cruza el pasillo Vanderbilt y se hunde en las escaleras eléctricas para tomar la línea verde, 6. Se nota que está mejorando el clima: hay menos ratas entre los rieles.

Sale a la superficie en Astor Plaza. Un cuarteto de jazz, con piano, saxofón, contrabajo y batería, está instalado en la plaza y más de cincuenta personas escuchan el improvisado concierto. En la caja del contrabajo reposan billetes y monedas. Cristina escucha tres minutos, que la transportan a su casa en Bogotá, cuando su papá llegaba de alguna finca o de la universidad y encendía el equipo de sonido para escuchar a Louis Armstrong o Charlie Parker. Tenía una buena colección de jazz y blues que luego de su muerte se redujo de manera notoria y veloz, entre las visitas de parientes y amigos que corrieron a dar el pésame.

Sube al apartamento de Thomas. La madera de la escalera se queja de su peso. Abre la puerta y Noche pega un salto desde el sofá hacia el estudio. Cristina estornuda. Sobre la nevera una nota: "Gracias Cristina", cincuenta dólares y un chocolate Snickers. Ni un comentario sobre el CD de Billie Holiday que dejó sonando la última vez. Tampoco escribió nada cuando le dejó puesto el de Ella Fitzgerald, ni la primera vez que se quedó esperándolo con la música de Nina Simone. Los hombres no entienden los mensajes subliminales, confirma.

En la bolsa de la basura hay dos cáscaras de huevo. Las saca, las tritura y pone las trizas sobre la tierra negra de la mata. "Con esto te vas a sentir más fuerte y linda". Pasa al cuarto y revisa. Estornuda. No hay secadores de pelo, labiales, nada que delate alguna presencia femenina. Thomas sigue viviendo solo y eso la tranquiliza. Abre el clóset: se ve ordenado. El cajón de las medias está organizado. Es posible saber mucho de la personalidad de un hombre por el cajón de sus medias. Tener un cajón para las medias ya dice mucho. Si se toma el trabajo de buscar los pares y guardarlos en huevitos, es sin duda una persona práctica. Además, los colores: nada de medias amarillas, habanas o blancas. Acá todas las medias son oscuras, pero las hay de rayas y de rombos. Si son todas de fondo entero y sin grabados o relieves, puede ser una persona psicorrígida o aburrida. Alguien que no corre riesgos. Si hubiera medias rosadas, verde manzana, de círculos o de corazones, como las ha visto en vitrinas, podría tratarse de un publicista, un artista o un gay. Las medias de Thomas, además, no están remendadas ni rotas. El talón no está semitransparente. Las bota cuando tiene que ser y las remplaza por otras nuevas. Es decir, no es tacaño y sabe zafarse a tiempo. Eso también le gusta a Cristina.

Limpia el baño. La rosca tiene tres gotas. Thomas cambió la marca de desinfectante que Cristina vierte en el piso para poder mapear. Siempre era uno violeta y ahora es una botella distinta, con un líquido verde oscuro, esencia de pino. ¿Será esto una señal? No sabe. Quizás se cansó del olor a lavanda. O quizás fue de compras con compañía.

Saca de la gaveta del baño el botiquín de Thomas. Las vitaminas las guarda en el nochero y las aspirinetas en la cocina. Acá tiene un tarro de veinticuatro cápsulas de Tylenol Extra Strength que va por menos de la mitad, lo cual significa que sufre de dolores de cabeza. Es posible que no sean migrañas fuertes como las que a ella a veces le dan, y que sin embargo se tome dos pepas de una vez porque ya se sabe que a los hombres todo les duele más duro. También tiene un jarabe mermado con la leyenda "Cold, cough & flu", o sea que tuvo gripa. O al menos un estornudo. Hay una caja con pastas de "Metformin Hydrochloride", y en una parte del largo texto Cristina lee "insuline". ¿Será que es diabético? Si fuera diabético, no comería lo que tiene en la nevera… Pero debe tener alguna enfermedad o algo raro porque lo de la "insulina" no es cualquier bobada. También hay unas pastillas naturales con ciruela para mejorar la digestión, o sea que a veces sufre de estreñimiento, y Alka Seltzer, que ojalá se lo tome con limón y agua helada, para el guayabo. Hay un frasco casi lleno de Loratadine, que es lo que Cristina necesitará para convivir con Noche de manera permanente. También hay curitas, gasa, Micropore y yodo. Al menos no hay Prozac o Valium. Ni Viagra.

Termina de arreglar el baño y pasa a la alcoba. Estornuda. La cama está destendida a un solo lado, como siempre. En el nochero hay una nueva factura telefónica. Otra vez varias llamadas al número que anotó y al que llamó desde la casa de los Kauffman, cuando contestó la voz femenina. ¿La vería Jacob haciendo esa llamada a través de alguna de las cámaras ocultas? Quién sabe. A lo mejor le descuentan ese minuto en uno de sus próximos pagos.

En el equipo encuentra un CD de Wayne Shorter. Se llama *Without a Net*. Nunca ha oído ese nombre. Lo enciende y, con un saxofón de fondo, se va a limpiar la cocina. En la nevera hay pan, leche, huevos, peras, apio, brócoli, espinacas, lechuga y cebollas. También varios frascos con salsas: BBQ, pasta de tomate, salsa china. El congelador está lleno de comida lista para el microondas. Saca de su morral el sánduche de jamón y queso y le adiciona dos hojas de lechuga y un poco de pasta de tomate. Lo calienta y se lo come con un vaso de leche.

Termina el CD y busca qué poner. Le gusta el ritual que inventó hace algunos días, de dejarle siempre la música de alguna vocalista, como si fuera ella la que cantara, aunque él ni lo note. Encuentra a Norah Jones. *Little*

Broken Hearts. Su último disco. Cristina no lo ha oído aún. En la casa de Rosario la televisión está encendida todo el tiempo en Telemundo y cuando prenden el radio es para oír el *Notiloco de NY*, un programa de chismes y chistes, conducido por un boricua. Si encienden el equipo de sonido es para oír rancheras, en especial Rocío Dúrcal y Juan Gabriel. A Cristina también le gusta Rocío Dúrcal, pero no los domingos en la mañana.

Mientras suenan las doce canciones termina de hacer el oficio. Arreglar la arena de Noche le arranca una sucesión de más de treinta estornudos continuos. Tose tanto y tan fuerte que se alcanza a mojar un poco la ropa interior, que es menos costosa, pero más sensual que la de Mrs Kauffman.

Son las 5:50 p.m. Quizás hoy Thomas sí llegue temprano. Se aplica polvos en las mejillas, rubor, y brillo en los labios. Organiza su cabello. Le gusta que se vea natural, es decir, suelto y ondulado, sin que parezca despeinado. Se lava las manos con jabón para quitarse el olor a desinfectante. Se acomoda la ropa y aprueba a la Cristina que aparece en el espejo. Le luce no usar peluca. Regresa al estudio, enciende una lámpara de luz amarilla, tenue, y se recuesta en el sofá a escuchar de nuevo a Norah Jones y a tratar de entender qué es lo que canta. *Good morning, my thoughts on leaving, are back on the table.* Por lo que parece, esta es también una historia de amor, como casi todas. Siguiente canción: *Bring me back the good old days when you let me misbehave.* Escucha el CD mientras lee la letra en el folleto que acompaña el disco. Busca en el diccionario *misbehave*: "comportarse mal". Traduce: devuélveme los buenos viejos días cuando me dejabas comportarme mal. Piensa en el Muerto. Todavía no puede recordarlo sin sentir rabia. Sólo al Muerto se le ocurre proponer matrimonio y luego arrepentirse. Y además con una disculpa tan tonta como "Es que yo noto que sigues muy deprimida por lo de tu papá y ya pasaron nueve meses… Deberías ir al sicólogo". Como si los duelos tuvieran término de caducidad. Más le valdría haberse quedado en Londres, haciendo su cursito de finanzas, por el que pospuso la boda por primera vez. Se suponía que el viaje sería sólo por seis meses. Estando allá fue que mataron a Sergio y Julián, en vez de devolverse a consolarla, no sólo se quedó en Londres para terminar el curso sino que anunció que estaría otros seis meses más, estudiando inglés y aprovechando para conocer Europa, mientras todo el mundo que Cristina había conocido en sus veintiocho años se evaporaba sin mayor explicación. "Qué vaina lo de tu papá", "Lo siento mucho", "Qué mala suerte", "Estar ahí en el momento equivocado", "Muy de malas" y cosas así, eran las que le decía la gente en los días siguientes al entierro. Eso y "Tienes que ser fuerte", "Tienes que apoyar a tu mamá", "Hay que seguir para adelante". Y ella con esas ganas de llorar todo el tiempo, sin cabeza para trabajar, y la Foca quejándose porque "Ya pasó el tiempo y usted sigue como alelada, mijita, tiene que aterrizar porque la vida sigue". Y Cristina siguió, esperando que Julián regresara y cuando volvió él estaba tan cambiado, parecía otra persona, aunque dijo que la distinta era ella y que lo del papá se ve que la había afectado mucho, más de lo que él pensaba, que parecía como si la tristeza se le hubiera instalado en el alma. Tan güevón.

El CD ya va en el corte nueve y Norah Jones canta *It's OK, cause all I need is my car, out on the road*. Cristina decide que no va a esperar a Thomas, deja el equipo encendido y sale a tomar el metro. Son las 6:00 y aún hay luz en la calle.

Viernes

From: cristinamejjias@hotmail.com
To: luciasalazar01@gmail.com

Hola mamita hermosa

Acá el clima ya está mejorando, pero a falta de nieve ahora tenemos polen. El aire está lleno de polen y entonces la ropa queda con punticos amarillos. O sea, uno sale a la calle y queda polinizado. ¡Un peligro! Pero eso no es lo malo, lo malo es que uno estornuda todo el tiempo porque el polen produce alergia. Imagínate una ciudad entera con gripa. Bueno, no será toda la ciudad, pero sí al menos la mitad. Y 30 o 40 personas estornudando cada 10 segundos en un vagón repleto del metro no es nada agradable. La gente dice que esto dura dos semanas y luego sí vendrá lo bonito de la primavera.

Yo de todas formas me siento contenta de que ya no anochezca tan temprano y de haber dejado de usar el gorro, la bufanda y los guantes. Estamos en un clima frío pero ya no hay nieve. Una dicha.

Mami, quiero que me des un consejo en serio y pensado, no desde tu deseo de estar conmigo sino con la cabeza: en un mes largo se me vence la entrada que me dieron en el aeropuerto cuando llegué en noviembre. Aunque la visa es por 10 años, la entrada fue por 6 meses. El plazo máximo es el 20 de mayo. Para pedir una prórroga me toca meter abogado, así que eso por ahora no es una opción. Si me devuelvo, puedo volver acá en 3 meses, 6 o cuando yo quiera. Si me quedo, es difícil que me den la visa de nuevo cuando se venza, o que me den otra entrada por seis meses cuando vuelva a viajar. O sea, si me quedo el país se me convierte en una cárcel porque podré salir pero si lo hago no podré volver. Yo estoy trabajando, aprendiendo inglés, conociendo gente interesante... Pero me haces falta y quisiera ejercer mi carrera. Eso acá es imposible. Acá soy poco más que una analfabeta. Los migrantes somos casi delincuentes, y más si no tenemos los papeles en regla y ninguna empresa formal nos solicitó. Es como si migrar fuera un delito. Entonces no sé qué hacer... si quedarme o planear un regreso, así sea temporal, para después volver a entrar. ¿Qué opción laboral ves para mí allá? La Monita me dice que en la Alcaldía no hay ninguna e incluso ella teme quedarse desempleada. Si es así, prefiero quedarme. Es mejor limpiar casas ajenas que no tener en qué ocupar el día, sólo en preocupaciones de plata. Pero las oportunidades acá no son tampoco tan brillantes como se las pintan a uno allá y no quiero seguir siendo durante muchos años la Marlene de unos gringos a los que ni veo. A veces creo que soy apenas la sombra de lo que podría ser.

En fin, no me hagas mucho caso, a lo mejor tengo morriña, saudade, nostalgia, mamitis. ¿Qué piensas? ¿Cómo va el asunto de la pirámide? Me interesa mucho. La Monita y su novio nuevo quieren meter plata en eso. Me cuentas.

Tu hijita adorada que te piensa todo el tiempo.

From: cristinamejjias@hotmail.com
To: monitalinda1983@gmail.com

Quiubo Monita. ¿Cómo van las cosas en la Pecera? Todo lo que me pinta suena triste. Eso de vivir paranoico, pensando que el trabajo se puede terminar en cualquier momento me parece tenaz. Como si uno tuviera los ahorros que Pluma Blanca, el Supremo o la Foca lograron acumular con sus negociados... Por ahora tenga paciencia y aguante. Ya le escribí a mi mamá diciéndole que usted y su mamarracho quieren entrar a la pirámide, así que si quiere la llama y concreta el negocio.

Yo bien, el clima mejorando. Estoy pendiente de una cita con un tipo. Se llama John Carrington y es irlandés.

Chaoooooo, saludes a los pescados.

From: luciasalazar01@gmail.com
To: cristinamejjias@hotmail.com

Hola mi amor:

Muchas gracias por los 200 dólares que me giraste. Mira que unas por otras: se fue la señora de Londres y perdiste la plata de la agencia de empleo, pero te resultó ese trabajo de última hora en el que te ganaste tan buena plata en un solo día. Dios no desampara a nadie. Por eso hay que agradecerle. Ya sé que tú no crees y que perdiste tu fe después de lo que nos pasó, pero yo a diario le pido que te ayude a ver esos milagros que ocurren en tu vida, como esa llamada de la enfermera que te permitió recibir US250 dólares en una sola jornada.

Por este mes no me gires más plata. En las noticias hablan todo el tiempo de la revaluación, los cafeteros están quebrados por eso... Yo no entiendo mucho del tema, pero lo que sé es que cuando tú me mandas dólares ahora, recibo menos pesos que cuando me los mandabas en diciembre o enero. Como el ministro de Hacienda o los del Banco de la República no limpian casas ajenas, no se fijan en esos detalles. Por ahora es mejor esperar a ver si la tasa de cambio mejora, y a menos que tenga una urgencia grande, no me gires dinero hasta que yo te avise.

En la inmobiliaria las cosas quietas. Yo sí sigo yendo, y muy querida tu tía por abrirme ese espacio. Visito apartamentos con los clientes, les muestro proyectos, pero aquí nadie está comprando nada. Todos los negocios están lentos. Me he podido bandear es con lo de la inversión. Tú le dices pirámide pero es un negocio serio. Me están pagando mi plata cumplida cada mes y por eso es que no tengo tantísima urgencia de tus giros. Ya las tías invirtieron también.

Bueno, mi corazón, espero que estés aprovechando para hacer nuevas amistades, para relacionarte con gente de otras culturas y países. Está muy bien que trabajes, pero el trabajo no lo es todo. Ni siquiera lo más importante. Estás joven, así que aprovecha para entretenerte un poco.

Cuídate mucho.

Tu mamita.

From: Johncarrington@aol.com
To: Angelamejias

Hola. Puede ser este sábado a las 9:30 pm en Lenox Lounge, en Harlem. 288 Lenox Avenue, entre las calles 124 y 125. Confírmame por favor.

From: Angelamejias
To: Johncarrington@aol.com

Hola. Confirmado. Mi número es 917 220 2880. Cuando salga del metro te llamo para que nos podamos reconocer. Gracias

Mierda. Otra vez escribió "gracias". Y además dijo que lo llamará. Ella a él. Le dio su número sin que él lo hubiera pedido. Él ni siquiera le envió el suyo. ¿Cómo lo va a llamar? Empezó con el pie izquierdo. Él debería haberse ofrecido a recogerla en algún punto, o a esperarla en el metro. Ya es tarde.

Toma la línea Q, amarilla, rumbo a Brooklyn. La gente en el metro se ve diferente. En invierno todos son parecidos: las chaquetas, las bufandas, los gorros, los colores oscuros. Pero ya se anuncia la primavera, y aunque la temperatura no sube a diez grados, la gente se viste distinto. Literalmente, muchos botan su ropa completa a la basura y renuevan el clóset. No hay espacio para guardar tanta ropa por varios meses. El destape deja ver las preferencias:

las mujeres indias se envuelven en metros de tul o telas livianas, azules, lilas o de colores claros, adornadas con lentejuelas, piedras y brillantes. Los africanos, hombres y mujeres, eligen colores fuertes y usan túnicas que guardan su semejanza con las prendas de las guajiras: anchas y estampadas. Las gringas usan faldas, estrechas o anchas, largas o cortas, estampadas o de fondo entero. La primavera no sólo deja ver más el sol, también deja ver brazos, rostros y sobre todo piernas blancas, blanquísimas, que llevan escondidas casi seis meses.

Baja al *basement* de los Jones y desde que abre la puerta siente un fuerte olor a marihuana. ¿Cómo puede Belinda convivir con Rick? Para vivir con otros hay que tener vocación de espectro. Imposible un fantasma con olor. Los olores de Rick son invasivos. No es su alcoba la que huele, es el apartamento completo.

En la cocina hay varios platos por lavar. Cocinaron espaguetis con albóndigas. Mapea el piso hasta que queda sin rastros de comida. Escucha el tic tic tic de la gota de la ducha que nunca van a reparar. La puerta de la alcoba de Rick está cerrada. La abre y la escena parece de una película: todo está tan revolcado que es como si hubiera venido un cuerpo de detectives a buscar indicios de un crimen. El sofá cama está abierto, pero la sábana está arrumada en un rincón. Hay una caja de Kentucky Fried Chicken con restos de pollo y cuatro papas fritas untadas de salsa de tomate. Encima de la mesa de noche está una media sucia y sobre el cenicero, además de varias monedas, tres porros apagados. Las latas de cerveza no cupieron en la papelera. Sobre la alfombra hay siete. Cristina recoge la sábana, la media, un par de tenis, unos jeans desgastados y una camiseta que huele a sudor y los saca del cuarto, para dejarlos en la canasta de la ropa sucia. Luego frota el sofá cama con un trapo humedecido en agua con jabón. Pasa a la alcoba de Belinda y saca la aspiradora que guardan debajo de la cama. "Aspiradora" se dice *vacuum cleaner*. Recoge en una bolsa plástica los papeles, restos de comida, latas de cerveza, cenizas de cigarrillo y marihuana y aspira la alcoba. El trabajo le toma más de dos horas pero el resultado la deja satisfecha, aunque presiente que la imagen de orden que ahora ve sólo durará un rato.

Arreglar la alcoba de Belinda le toma menos de media hora. Pasa al baño. La baldosa verde oscura camufla el mugre. Restriega la ducha con cepillo y jabón. Quisiera un cepillo de dientes para hacerlo mejor. Lava la taza del sanitario, el lavamanos y usa una hoja del *New York Post* para limpiar el espejo. Las manos le quedan tostadas y enrojecidas. Recoge sus cuarenta dólares y sale a las 3:40 p.m.

Antes de entrar a la estación del metro ve un anuncio de una nueva exhibición de flores en el Jardín Botánico de Brooklyn, por la llegada de la primavera. Más de ciento cincuenta variedades de plantas florecidas, dice el anuncio. Revisa en *Time Out*: el Jardín está abierto hasta las 6:00 p.m. y aunque el ingreso cuesta diez dólares, vale cinco para estudiantes con carnet. Su carnet de la escuela de inglés debe servir. El jardín queda a tan sólo un bloque de donde está. Empieza el recorrido y se llena de recuerdos: hay un herbario, una explanada de cerezos, un rosedal. Magnolias, lilas, tulipanes, plantas acuáticas, orquídeas. A su papá le gustaban las orquídeas. En el entierro, los alumnos de la universidad enviaron un enorme ramo de orquídeas blancas y lilas. Él ensayaba injertos, conseguía semillas. Cultivaba en su casa helechos y orquídeas, a veces con mayor éxito que otras, dependiendo de la variedad.

Después de recorrer el jardín de fragancias, un espacio abierto con árboles y flores, ingresa en el museo de bonsáis. A esta hora, el joven que mató a su papá ya debe estar encerrado en su celda. Se levantan antes de las 4:00 a.m, se bañan con agua helada y los sacan al patio antes del amanecer. Les dan un desayuno igual todos los días del año, antes de las 7:00 a.m., y después de esa hora algunos asisten a clases y otros matan las horas en el patio. No sabe si el asesino de

su papá estudia algo o no. No había terminado el bachillerato cuando lo capturaron. Tenía dieciocho años. A su
papá no le gustaban los bonsáis, decía que eran pequeñas
monstruosidades. Árboles que pudieron ser enormes pero
se recortaban para una función decorativa, en la sala de
alguna casa. Como los castrati. Eso se lo oyó decir cuando
los tres juntos vieron *Farinelli*, comiendo crispetas, en la
cama de sus papás. Ese joven no sabe lo que le cortó a
Cristina. A lo mejor apenas entiende los años que se cortó
a sí mismo. Según dice el abogado, con todas las rebajas de
pena y descuentos, puede salir de la cárcel en doce años.
Lleva tres. Era novato, o al menos no tenía antecedentes,
y por eso no pagará más años de prisión. A Cristina le da
igual, a veces hasta siente lástima, pero se arrepiente rápido. Cuando estudiaba Derecho aprendió que la cárcel es
un rezago que queda de un sistema vengativo, cruel y de-
gradante. No cree que el asesino de su papá salga de allí
convertido en una mejor persona. Y en todo caso, pese a
todo lo que el asesino sufra, e incluso si se arrepiente, eso
no le devolverá a su papá.

Sábado

Sale temprano de su apartamento. Le informa a Rosario que llegará tarde en la noche. Como ya casi acabamos el curso de inglés, vamos a salir con varios compañeros a comer y a celebrar.

Toma la línea 7, morada, hasta Grand Central. Park Avenue puede ser la avenida más bonita de Nueva York, por lo menos en primavera: miles de tulipanes rojos, amarillos y naranjas adornan los separadores de la avenida. Toma una foto con su celular. Camina por la calle 42 hasta la Quinta Avenida y se entretiene viendo vitrinas y entrando a almacenes. Recorre el Rockefeller Center, entra a conocer la torre de Donald Trump, ingresa a la catedral de San Patricio y descansa un rato escuchando a un organista que interpreta música sacra. Con la música se transporta a otra época, a otro estado de ánimo.

En la catedral constata la hora: 11:30 a.m. Faltan todavía diez horas para su cita en Harlem. Quiere acelerar el día. Sale a la calle, camina por la Quinta Avenida hasta el Hotel Plaza y se interna en el Central Park. Avanza entre rocas, prado y pícnics. Hay gente jugando béisbol, patinando, trotando. Se ubica junto al lago de las tortugas, saca su sánduche y almuerza. A veces piensa en el cansancio de comer todos los días lo mismo, pero entonces se acuerda del que mató a su papá. Por lo menos ella varía las salsas, los jamones o los quesos. A veces los hace con lechuga, con tomate. A veces prepara hamburguesas. Podría prepararse otra cosa, pero le da una pereza infinita cocinar. Le parece que no tiene sentido gastar tantas horas en la cocina para terminar comiéndose el producto de su trabajo en diez minutos. Que cocinen otros. Ella prefiere caminar, leer, mirar, dormir.

Termina su sánduche y saca *Dubliners*. Se pone las gafas. "Besides, the invariable squabble for Money on Saturday nights had begun to weary her unspeakably. She always gave her entire wages —seven shillings— and Harry always sent up what he could but the trouble was to get any money from her father". Cristina nunca tuvo problemas de dinero mientras vivió su padre. Sergio siempre les dio lo que necesitaron a Lucía y a ella. El salario de la universidad no era alto, pero era estable, y se redondeaba con las asistencias técnicas en fincas, que a veces aumentaban, a veces disminuían, pero nunca faltaban. Por lo demás, no fueron una familia derrochadora. Su mamá siempre administró las finanzas del hogar como si se avecinara una catástrofe. No viajaban a Europa o a Miami, sólo una vez a Cartagena. Tampoco salían con frecuencia a comer en restaurantes, pero, en cambio, sí salían de paseo al campo, y cuando Cristina estuvo mayorcita, el cine se convirtió en plan familiar. El único lujo que le dieron fue su colegio de niña rica, del que tantas veces quiso salirse, pero su papá se lo impidió con el argumento de que en educación ninguna plata es derroche, y que el colegio era el sitio ideal para hacer relaciones que le sirvieran en el futuro. Si la viera ahora lavando baños, se volvería a morir. O quizás no, quizás se sentiría orgulloso de una hija que no se deja amilanar por las circunstancias. Que se sabe bandear. Quién sabe.

Fue un sábado por la tarde, como a esta misma hora, cuando su papá salió a retirar plata del cajero automático para ir luego con Cristina y Lucía por unos discos nuevos de jazz que habían llegado al lugar en el que siempre compraba la música. Lo mataron al salir, por atracarlo. Una puñalada en el pecho por ciento cincuenta mil pesos. Lo que Cristina recibe por un día de trabajo donde los Kauffman. Todo quedó grabado en la cámara del cajero.

Como no fue un crimen cometido en combates ni en medio del conflicto armado, Cristina no puede pedir asilo político para legalizar su situación: no clasifica como víctima.

Timbra el celular. Número desconocido. *Hi, Hi is* John. *Hi,* John. John Carrington. Hola, cómo estás. Qué bien que hables inglés, entiendo sólo un poquito de español. Ah OK, estoy aprendiendo. Ah, bien. Llamo para confirmar nuestra cita de esta noche. ¿Al fin sí nos podemos ver? Sí, claro, a las 9:30 en Harlem. Sí, si quieres te espero a la salida de la estación del metro. ¿En cuál línea vas? En la verde, la 4. Me bajo en la 125. Ok, ahí estaré. Llámame cuando llegues. Este es mi número. OK, *bye.* Por fin, un *saturday night* en Nueva York.

A las 5:00 deja de leer y de buscar palabras en el diccionario. Camina otra vez hasta el hotel Plaza y se devuelve por el costado este de la Quinta Avenida. Entra a Saks, en la calle 50. Carteras de cuatro mil dólares, zapatos de cinco mil. En la sección de perfumería se aplica perfume de un mostrador. De repente, una señorita la invita a una prueba de maquillaje. Cristina dice que no, que no está comprando maquillaje, pero la señorita insiste. Usted no está comprando hoy pero mañana tal vez sí. Ya verá los resultados. La sientan en una silla como de director de cine. Le toman una foto. Le limpian la cara con algodones y tónicos, le aplican base líquida, corrector de ojeras, delineador, sombras, pestañina… Cristina pide que, por favor no sea un maquillaje demasiado fuerte. Algo natural. OK. *No problem.* Brillo, rubor, iluminador. Mientras la maquilla, la señorita va explicando cómo hacerlo a un público cada vez más numeroso, que asiste a una clase improvisada. En una pantalla de un televisor está la foto que le tomaron al comienzo y en otra, al lado, se transmite el proceso de transformación. Cuando se ve en el espejo no se reconoce, está maquillada como para una fiesta de boda. La vendedora exhibe en las pantallas el "antes" y "después". El público aplaude. Cristina recibe un bono de descuento del treinta por ciento. Por compras superiores a trescientos dólares puede reclamar un obsequio. *Thanks.*

Sale a la calle y ya es de noche. Dobla hacia Madison y baja hasta la calle 42. En Grand Central entra a un baño público, saca de su morral un pantalón negro, zapatos y buzo rojo. Con papel higiénico se retira lo que considera excesos de maquillaje, y guarda su jean y sus tenis en el morral. En una cartera negra mete la billetera y el celular, y se dirige a un casillero para dejar guardado el maletín con sus pertenencias. No le parece adecuado acudir a una cita con un separado como si fuera una universitaria.

Baja a la estación y toma el metro, línea verde, 4. Se sienta junto a la ventana. Revisa el reloj. 8:40. La grabación anuncia la estación de Hunter College. Va a llegar muy temprano. En la siguiente estación, la de la calle 77, se baja y espera. Se sienta en una banca de madera. La estación se llena y al cabo de cinco minutos pasa el tren. Todos se suben, menos ella. En cuestión de segundos, empieza nuevamente a llenarse. A los tres minutos ya hay más de treinta personas. Llega el tren y la estación queda de nuevo vacía. A las 9:20 sube al vagón y llega a la 125 a las 9:42. Llama a John. No contesta. Sale a la calle. No hay nadie. Vuelve a llamar, pero antes de que timbre cuelga. Dirá que es intensa. Está pensando qué hacer cuando entra una llamada. Es él. Anuncia que está llegando a la estación. Cómo te reconozco. Soy pelirrojo y tengo un saco blanco.

Llega. Es más pelirrojo de lo que pensó. Cuando estaba en el colegio los pelirrojos eran tan escasos que si alguna amiga veía a alguno en la calle pellizcaba a otra mientras decía "pelirrojo sorpresa" y podía pedir un deseo. Era como encontrar la lámpara de Aladino. Pelirrojo, muy blanco, pecoso. Lleno de pecas. Casi lampiño. No muy alto, más bien flaco. Tiene saco blanco, tenis blancos y jeans. Estás muy elegante, dice él ¿Estará diciendo que estoy demasiado elegante? Él está informal y yo me quité mis tenis. ¿Le parecerá que estoy muy maquillada? ¿Tienes hambre? Sí, un poco. Espero que este sitio te guste. Tiene más de setenta años. Acá se presentaron en vivo Billie Holiday, Miles Davis, Frank Sinatra y John Coltrane. Yo no soy experto en jazz pero me gusta, y como pusiste en tu perfil que te gusta el jazz, pensé que sería un buen lugar.

Entran. A la izquierda hay una barra de madera. El piso es de cerámica blanca con figuras geométricas. Pasan al fondo, al salón zebra. Las paredes tienen un tapiz negro y blanco a rayas. Hay una pequeña tarima en la que un trío de trompeta, bajo y batería acompaña a un cantante negro, que puede tener sesenta años o más. Casi todas las mesas están ocupadas. John tiene reserva.

Él pide un martini, ella un bloody mary, y para picar una entrada de muelas de cangrejo. Más tarde pedirán la cena. Cristina piensa en el vaso de vino que él le propuso en su mensaje inicial.

Está nerviosa, pero John más. No soy experto en citas a ciegas. Soy nuevo en match.com Me separé en el verano y desde entonces no he salido con nadie, pero ya es hora. ¿No crees? Sí claro. Cuéntame de ti. Soy de Colombia, llegué en noviembre, estoy estudiando inglés, vivo en Queens con unos familiares. ¿Trabajas? Soy abogada, pero no tengo acá mi título homologado. A veces cuido niños y busco un trabajo más formal, en una oficina o algo así. Ah, interesante. Yo llegué a Nueva York hace veinte años, mi madre se mudó acá cuando yo todavía estaba en el colegio. Mi padre aún vive en Dublín. ¿En Dublín? Justamente estoy leyendo *Dubliners*, de Joyce. ¿Sí? ¿Y te gusta? Pues creo que sí, trato de comprender. Ah, yo lo leí cuando estaba en el colegio. Nos obligaban a leer a Joyce, a Oscar Wilde, Samuel Beckett y Seamus Heaney. La verdad es que no sé mucho de ninguno. A mí me interesaron más los deportes: en la escuela el *hurling* y, cuando llegué acá, el béisbol. Mis hijos tienen el uniforme oficial de los Mets y la camiseta firmada por todos los jugadores. ¿Te conté que tengo dos hijos? Tienen nueve y ocho años.

Me casé joven, sí. Dejé a mi novia embarazada y, bueno, por qué no. Ella no quiso abortar, y pronto quedó embarazada del segundo. Las cosas fueron un infierno muy desde el comienzo, pero creo que no nos queríamos dar cuenta. Además, separarse de los niños duele. Para mí ha sido muy duro. Creo que para ellos también. Pero al menos ellos están más tranquilos porque el ambiente en el hogar se había vuelto muy tenso, con gritos y todo eso. Cuando llega el desamor, es posible que uno muestre las facetas más oscuras de uno mismo, las que uno no creía tener. Los hijos son capaces de sacar lo mejor que uno tiene para dar, pero asimismo las parejas son capaces de sacar lo peor. No sé. Yo no pensaba que estábamos tan mal pero ella me decía que yo era desesperante, que yo despertaba su gen asesino, que no me soportaba, cosas así. No es bueno que los niños oigan eso. Ahora los veo los miércoles en la noche y un fin de semana sí y otro no. Cuando juegan los Mets vamos al Shea Stadium. Es en Queens, donde tú vives. Cantamos los tres *Meet the Mets*, la canción del equipo. ¿La has oído? No. John empieza a cantar: "*Step right up and greet the Mets. Bring your kiddies, bring your wife*". El señor de la mesa del lado los mira y levanta un pulgar en señal de aprobación. Cristina clava su mirada en el vaso de bloody mary, que está vacío. Piensa en lo del gen asesino. Interesante.

Para cenar, ordena un arroz con mariscos y pasteles de cangrejo. John una sopa y ensalada. Más martini. Más bloody mary. La música es buena, la comida también. Una pareja baila. Cristina comprende casi todo lo que John le dice, aunque prefiere no hablar. Le avergüenzan su pronunciación y sus errores. Casi todo lo que oye tiene relación con sus hijos, las peleas con su exmujer y los Mets. Por cambiar de tema, siente ganas de preguntarle por su trabajo como veterinario, pero se contiene. Si no lo va a volver a ver, por lo menos que se desahogue. Este hombre no se ha dado cuenta de que sigue casado.

Lunes

Hola, mis niños. ¿Cómo amanecieron? Dentro de dos semanas tendremos nuestro examen final del curso. Será un examen dividido en tres partes: un ejercicio escrito, un dictado y una entrevista sobre un tema sencillo para comprobar qué tal se desenvuelven en el diálogo y la pronunciación. Los que pasen a nivel cuatro estarán con el profesor Tim, y los que reprueben el examen o quieran reforzar el curso, serán bienvenidos otra vez en este nivel, a partir de mayo. *Any question?*

OK. Ahora sí vamos a comenzar nuestra clase. ¿Alguien quiere compartir su escrito con nosotros? Muy bien, Cristina, adelante.

El pasado martes salí de clase directo para el barrio Tribeca porque leí en la revista *Time Out*, la que entregan gratis en el lobby, que hasta el 27 de abril es el Festival de Cine de Tribeca y el martes había una charla con Woody Allen. A mí me gustan mucho las películas de Woody Allen, y como leí que el ingreso a la conferencia era gratis para los estudiantes con carnet, me animé a ir. Aunque las últimas películas más famosas de él son *Todos dicen te amo*, *Medianoche en París* y *Match Point*, yo quería preguntarle por *El sueño de Cassandra* y cómo se inspiró en *Dostoievski* porque a mí esa película me encantó. Llegué a Canal Street y caminé tres bloques hasta que vi una fila enorme. Casi todos eran personas mucho más jóvenes que yo. Hice mi fila juiciosa, pero cuando llegué a la entrada y me pidieron mi carnet, no me dejaron entrar. Yo entregué mi carnet de acá de la escuela y me dijeron que sólo era para estudiantes de cine. Esa información no estaba en el artículo de la revista, y sentí rabia con el redactor. Me pareció irresponsable que me hiciera perder el tiempo por su falta de precisión en lo que escribió. Uno cree con ingenuidad en lo que escriben los periodistas, y ellos a veces son tan ligeros con lo que hacen. Me hicieron a un lado y la gente seguía entrando, y mientras tanto yo insistía en ingresar. Le mostré el texto de la revista al vigilante. Llegaron dos personas de seguridad y me requisaron, desocuparon mi morral. Yo me dejé hacer todo porque pensé era necesario para ver a Woody Allen. Pero apenas terminaron la requisa, uno dijo "She's clean", y el otro, un señor enorme, me tomó fuerte del brazo y me sacó hasta la calle. Pensarían que era terrorista y que tenía una bomba escondida dentro de mi manzana. Desde afuera caminé medio bloque, y a través de una ventana pude ver que adentro estaba Woody Allen sentado en una mesa. Estaba acompañado de otra persona y tenía un vaso de agua. No sé si él me vio.

Cristina termina su relato muy seria, aunque a medida que leía, algunos compañeros se reían. A mí no me pareció chistoso, dice, y todos sueltan una sonora carcajada. Ella se ríe también, pero se siente incomprendida.

Sale de clase, toma el metro y llega a donde los Kauffman hacia las 11:00 a.m. Junto a los ochenta dólares hay una nota de la señora Rachel que dice: Los niños me dicen que tú también cumples años el 19 de abril. Como no vienes los viernes, quizás podrías compartir un ponqué con ellos hoy. Llegamos a las 4:00 p.m.

Cristina lee sorprendida. ¿Comer un ponqué con ellos? Tenía planes de salir hacia el Museo de Arte Metropolitano, que hace días no visita y es precio sugerido, pero puede dejarlo para después.

Baja al *laundry* y mientras la lavadora hace su trabajo saca *Dubliners*. "His mother had worked for him as a birthday present a waistcoat of purple tabinet". El abrigo morado que era de Miss Smith lleva ya varios días en el fondo de la maleta. Dijo que se demoraría sólo un mes, pero ya ha pasado más tiempo. ¿Será que se dio cuenta de lo del vibrador? Imposible. Debe estar aún en Londres. Podría pasar por el edificio y preguntar.

Sube al apartamento y no puede evitar sentirse observada. Trata de mantenerse activa cada segundo, sin tomarse un minuto para descansar, porque teme que la estén vigilando y les parezca ociosa. Hacia las 3:00 pm ya no queda ni una mota de polvo por limpiar y la ropa de Isaac y Aaron no puede estar más organizada. Alineó las camisas y camisetas por colores: abajo las negras, arriba las blancas. La torre se ve en degradé.

Rachel llega a las 3:30 con un pastel, serpentinas, bombas y gorros. Saluda a Cristina como si la escena en la que le reclamó por tocar la comida jamás hubiera ocurrido. Sobre la mesa del comedor tiende un mantel del Hombre Araña. Los gorros también tienen la misma decoración. Rachel le pide que le ayude a inflar las bombas: doce bombas azules y doce rojas. Cristina termina casi sin aire. Los niños irrumpen en el salón. *Hi Cristina*, feliz cumpleaños. Oh, feliz cumpleaños para ustedes también. Bueno, no es hoy, pero no importa, tú no puedes venir el viernes. Está bien.

Ubican las bombas en grupos de a cuatro y las amarran de las lámparas, la cortina, las puntillas de los cuadros. Luego Rachel se pone un gorro, le pasa otro a Cristina y otros dos para los niños. Cuando todos están listos, enciende una vela con el número siete y los cuatro cantan "happy birthday to you, happy birthday to you, happy birthday". Se miran confusos. "Aaron, Cristina, Isaac, happy birthday to you". Los niños soplan la vela y la madre les dice que pidan un deseo. Cristina observa desde la punta del comedor. Rachel les toma una foto a sus hijos y luego le dice a Cristina que pose con ellos. ¿Tú tienes correo electrónico? Te la puedo enviar a tu mail. Luego Aaron clava el cuchillo en el ponqué de chocolate y sirve un pedazo para él, sobre un plato que repite la imagen del Hombre Araña. Rachel

sirve otro para Isaac y luego uno para ella. Cristina observa sin saber qué hacer. Puedes servir tu porción, dice Rachel. Cristina se sirve y come en silencio mientras los niños hablan de la celebración que tendrán en su colegio.
Cuando termina, Rachel le dice: Espero que hayas disfrutado, que tengas un feliz cumpleaños. Dice que gracias y
entra en el ascensor. Siente que acaban de hacer con ella
una obra de caridad, y la cara de fastidio es clara para el
vigilante, que la observa a través de la cámara.

Miércoles

El examen escrito le pareció fácil. En el dictado dejó cuatro espacios en blanco, pero cree que en general entendió todo lo que Elizabeth leyó, aunque sospecha sobre la forma en que escribió las palabras. En español tiene buena ortografía, pero en inglés es pésima. Siempre duda dónde poner las *h*: no sabe si la terminación de muchas palabras es "ht" o "th". El resultado lo publican desde el próximo lunes en carteleras y hay una semana de receso. Las clases para el nivel cuatro comienzan el 3 de mayo.

From: luciasalazar01@gmail.com
To: cristinamejjias@hotmail.com

Hola mi amor.

Me demoré para escribirte este correo porque, como tú me pides, lo importante no es responderte con el corazón sino con la cabeza, y entonces me he pasado echándole cabeza al asunto. La verdad amor es que no sé qué aconsejarte. Tú eres la que estás allá y sabes qué tantas oportunidades puedes tener de mejorar tu trabajo y de poder desarrollarte en lo profesional y en lo personal siendo una inmigrante. Yo estaré feliz de tenerte acá, si eso es lo que decides. Para mí tu viaje también ha significado mucha soledad, pero también te he dicho que en la inmobiliaria todo está muy quieto; llevo más de tres meses sin vender un solo apartamento, así que como no hay comisiones, el único ingreso que ahora percibo es el de la pirámide, como le dices tú. Yo estoy tranquila con eso, pero en el fondo temo que en cualquier momento se pueda esfumar, porque como dice la gente: "De eso tan bueno no dan tanto". Si decides devolverte, trata de ahorrar lo que más puedas y luego acá nos bandearemos las dos y veremos qué negocio montamos. Emplearse no está fácil. Y si decides quedarte allá, también ya veremos cómo hacemos para volvernos a ver. Que me hayan negado la visa una vez no significa que me la vayan a negar siempre. Amor, quisiera ser más útil y clara, pero no me atrevo a decirte "vente" o "quédate". Las decisiones trascendentes en la vida las toma uno en soledad y las personas que te queremos sólo podemos estar a tu lado, acompañándote en lo que decidas.

Ten serenidad y no te apresures. Encontrarás razones que respalden lo que decidas. Dios te mandará las señales adecuadas. Ponle fe.

Tu mamá.

From: monitalinda1983@gmail.com
To: cristinamejjias@hotmail.com

Bueno, mijita, pero usted se enloqueció o qué. ¿En qué cabeza cabe que se va a devolver? Está en la capital del mundo. Entienda: La Capital del Mundo. Si yo tuviera visa y tiquete ya estaría allá, así sea lavando baños. No importa. ¿No ve que acá todo el mundo se quiere ir? ¿A qué se va a devolver? Acá no hay trabajo y usted ya nada que ver con Julián (ya sé que le prometí no nombrarlo más pero esta es una situación desesperada). No se puede devolver. Tenga paciencia, dele tiempo al tiempo y verá que en unos meses se adapta, consigue amigos, novio, un mejor empleo... ¿O es que le hace mucha falta la Foca? Yovani Albeiro a cada rato me pregunta por usted, por su vida allá, el trabajo. Él no me lo ha dicho pero creo que tiene ganas de pedir la visa. Lleva mes y medio sin trabajo. Ha mandado no sé cuántas hojas de vida para todo tipo de cosas y nada... Ahí se metió en la pirámide de su mamá y está esperando el primer pago. Usted, por lo menos, cuando no tiene plata se va para el Central Park, o para Times Square a pensar en su futuro. ¿Le parece poquito? A uno acá le toca resignarse a matar el tiempo viendo televisión. Películas gringas, obviamente.

Deje la joda!!!!

La Mona.

Sale del café internet y camina hasta Lexington. Va con una blusa de manga larga, sin saco ni chaqueta. Lleva un saco en el morral. El morral pesa la mitad de lo que pesaba hace un mes. Le gusta la primavera, aunque tenga que cargar sombrilla. Los días más largos la animan a salir a conocer sitios nuevos después del trabajo. *Time Out* circuló en su última edición con treinta páginas más.

"Please don't lean against the door", dice la voz masculina del metro, o al menos eso es lo que ella entiende. Se baja en Astor Plaza. Piensa que ahora que es primavera valdría la pena montar más en bus, para ver la ciudad desde arriba. Los turistas tontos pagan caro por recorrer la ciudad en los buses rojos de dos pisos, cuando desde el bus urbano se ve lo mismo y se puede usar con la misma tarjeta del metro. Sube a la superficie. Hay palomas en la plazoleta. Camina hacia el hotel St. Marks. Entra al edificio de Thomas. Las escaleras crujen. Abre la puerta y, antes de que Noche huya, le llaman la atención dos copas de vino en la mesa de la sala. Copas o vasos, da igual. Son dos copas de vino tinto. Hay un cenicero con varias colillas de cigarrillo, todas untadas de labial. Thomas no fuma. Pasa a la alcoba: el ropón y las cobijas están en el suelo y la sábana reposa en un rincón. En el baño hay dos cepillos de dientes y un espejo con restos de un polvo que su mamá, que es más ingenua, podría pensar que es talco Mexsana. Un billete de dólar enrollado como un tubo se moja en el fondo del lavamanos.

En la nevera, el billete de cincuenta dólares y la nota de siempre: "Thanks, Cristina". En el estudio, varias cajas de CD abiertas. En el equipo de sonido están los Bee Gees. Algo muy grave pasó acá, piensa Cristina.

Arregla el apartamento con rabia y en silencio. No pone música. Noche está escondida en su guacal. Estornuda más de lo acostumbrado, tal vez por el polen.

Tres horas después sale a la calle. Piensa en Thomas, trata de imaginar el rostro de la mujer de edad indefinida que le dijo *hi, hi,* cuando la llamó desde el apartamento de los Kauffman. Debe tener arrugas y canas, debe tener los dientes amarillos, manchados de cigarrillo. Y mal aliento. Las manos manchadas también. A lo mejor tiene ya los pulmones negros y hasta se ahoga subiendo las escaleras del apartamento de Thomas. La imagina asfixiada, con la cara morada, desencajada.

De pronto, un frenazo en seco. Cristina cae y un tumulto se forma rápidamente a su alrededor. Un taxista paquistaní le vocifera. Dice que ella se atravesó, que el semáforo estaba en verde y ella cruzó, que llamen al hospital. Ella dice que está bien, que no le duele nada, que por favor la dejen ir. Miente. La rodilla le duele pero piensa en sus papeles. Vendrá la policía, una ambulancia. Su carnet de seguridad social es falso. Se ve deportada, encarcelada. No es una delincuente. Se para y repite estoy bien, estoy bien, estoy bien. Se oye una ambulancia. El paquistaní, con turbante y túnica blanca, insiste en llevarla a un hospital. Está preocupado, pero también molesto: Señorita, para vivir en esta ciudad es importante que usted aprenda a mirar a ambos lados antes de cruzar la calle. Hay que fijarse en el semáforo. Cristina cojea pero huye hacia el metro. Se hunde en la estación. El dolor de la rodilla se extiende hacia la pierna. Tiene roto el pantalón. Llamará a Belinda para que le recomiende si debe vendarse o no. Quizás tenga que dejar de trabajar uno o dos días. Ojalá no sean más. Estará acostada en el camarote, pegada al techo, mientras Rosario trabaja, Harold Gustavo estudia y Rubén duerme. Entra al vagón, le toca parada. El dolor es intenso. Le pide a un joven que por favor la deje sentar. ¿Está embarazada? Sí. Miente. Se pone la mano en el vientre y saca barriga.

Se sienta y al cabo de dos minutos empieza a llorar. Piensa en Thomas, en el taxista. En lo que pudo pasar. Piensa en su mamá. Cuando estaba en el colegio y salía de noche con amigos, su mamá le repetía que se comportara como si ella la estuviera viendo todo el tiempo por un rotico. Siquiera no es así. Lucía sufriría mucho si pudiera ver minuto a minuto cómo se evapora la juventud de su hija en una sucesión de horas y días sin que pase nada extraordinario y con peligros que la acechan todo el tiempo, como morir atropellada y sola en un país extraño. Empieza a calmarse. Existe el presente, lo otro es memoria o imaginación. Su rodilla le recuerda que está viva. Un aviso del metro ofrece asistencia médica para sordos. "Usted también puede salir del mundo del silencio", dice, y la foto muestra a un anciano con un audífono. "Sordo" en inglés se dice *deaf*. Cristina piensa que es mejor estar aturdida que sorda, aunque a veces entienda borroso.

Epílogo

Viernes

El despertador suena a las 6:00 a.m. A esa hora, Alexis termina su turno. Rubén le heredó el trabajo en el parqueadero antes de devolverse para Colombia. Cristina se baña, se arregla y desayuna jugo de naranja, café negro y huevos con tocineta y maíz. Alista la lonchera de Pedro Miguel y prende el radio para oír noticias. Hoy la temperatura será de 41 grados Fahrenheit. No puede ver si está nublado o no porque el *basement* no tiene ventanas.

Alexis llega. Saluda con un "hi amor" y va directo a la cama de ambos a despertar a Pedro Miguel. Él se encarga del niño por las mañanas, hasta que lo deja en el kínder y regresa al *basement* a dormir un rato. Cristina recoge a Pedro a las 3:30 p.m., cuando termina su trabajo. Tan pronto Cristina se va, Alexis cambia la emisora para oír algo en español.

Sale del *basement* y, antes de pisar la calle, se pone el gorro, los guantes, la bufanda y los audífonos para seguir oyendo radio en su celular. La chaqueta es grande pero liviana y la protege hasta más abajo de las rodillas. En su morral lleva los zapatos de oficina y el almuerzo. Hoy comerá ensalada César con pollo.

Camina cinco bloques, hasta la estación del metro. Toma la línea N en Kings Highway y luego de casi una hora llega a Jackson Heights, en Queens. Si viviera todavía con Rosario el recorrido sería cuestión de minutos, pero el *basement* de Brooklyn les sale gratis: Alexis es el administrador del edificio. *Administrador* suena bien, pero en realidad es el electricista, plomero, cerrajero, pintor. Hace poco la del 403 lo llamó por la noche a pedir ayuda porque tenía un ratón en su apartamento. Como Alexis estaba en el parqueadero, Cristina tuvo que ir a sacarlo con una escoba. Dejó a Pedro Miguel dormido.

Llega a la oficina a las 8:00 a.m. Al doctor Alfaro lo conoció por intermedio de Alexis y a Alexis lo conoció por Yovani Albeiro. Cuando la Monita se vino con él a NY, ambos entraron a estudiar inglés en la escuela en la que Cristina había terminado sus ocho niveles. La monita entró a tercero y Yova a primero. Como no decía ni *one two three,* calibró con quién podía juntarse y Alexis fue el elegido. Tampoco sabía inglés pero ya llevaba casi tres años en NY, así que en cuestiones de la ciudad era un senséi. Como era de Arequipa, Yovani le decía el Inca y cuando lo quería joder le decía "el incapaz de hablar inglés".

El doctor Alfaro también es peruano. A Alexis se lo recomendaron cuando estaba recién llegado, para que lo asesorara con el tema de la residencia y los papeles. El doctor Alfaro le sugirió que se casara con una cubana para legalizarse pero Alexis no tenía dinero para pagar el matrimonio. En medio de la charla descubrieron que ambos eran hinchas del Alianza Lima y eso selló la amistad. En ocasiones se reunían a comer ceviche y tomar cerveza en un sitio de Queens, cerca de la oficina del doctor. Alexis estaba ahorrando para completar lo de la boda cuando apareció Cristina y los planes se trastocaron: siguió ilegal, pero a cambio Alfaro conoció a Cristina y le gustó que fuera abogada con título, porque él no lo tiene, y que se defendiera con el inglés. De eso hacía ya más de cuatro años.

Abre la oficina, se quita las botas de invierno y saca del morral los zapatos de tacón. Cuelga la chaqueta abullonada en el perchero y prende el computador. Pasa un trapo por la pantalla y limpia el polvo de su escritorio y el del doctor Alfaro. Los lunes, cada quince días, hace aseo general del baño, el piso y las ventanas. El día de la limpieza no da citas antes de las 11:00 a.m.

Para hoy sólo tiene agendada una asesoría a una pareja boliviana. Con el doctor Alfaro aprendió que siempre el plan A consiste en sugerirles a los inmigrantes que se casen. Las bodas son fáciles de arreglar y es la vía más rápida para legalizarse. Si se trata de una pareja que convive, pero está soltera, el doctor Alfaro ofrece un descuento generoso para conseguirles pareja a los dos.

To: cristinamejjias@hotmail.com
From: NewsletterNYCHO@hangoutmagazine.com

Dear readers
Our calendar of suggested events for this week includes the NYC Marathon, the Next Wave Festival at the Brooklyn Academy of Music and the Wild Holiday Party at the Queens Zoo. Discover all the programming of the week in www.NYCHangoutMagazine.com.

✓✓ Hi sweet and little blonde
✓✓ Que no me chatee en inglés!!! Cuándo me va a dejar de chatear en inglés?
✓✓ Cuando hable inglés, Monita. Amaneció brava?
✓✓ Nooooooo, aburrida. Hay pocos customers, con este frío tan horrible...
✓✓ Al fin Yova va a correr la maratón este domingo?
✓✓ Dizque sí. Tan bello mi flacuchento.
✓✓ Ah bueno, cuadramos para ir a verlo. Yo voy con Pedro Miguel y mi Inca, si no amanece muy cansado.
✓✓ Listo, de una.

El doctor Alfaro llega a las 10:30. Cristina le informa que la pareja boliviana está casada, pero que tiene un hijo que nació en NY. El muchacho ya va a cumplir diecisiete años así que Cristina les aconsejó esperar hasta que sea mayor de edad, para que a través de él se haga el proceso de legalización. La pareja pagó los doscientos dólares de la consulta y Cristina se quedó con su parte. También le cuenta que atendió una consulta telefónica de un venezolano que quiere convalidar su título de odontólogo. En ninguna de las tres universidades con las que trabaja el doctor Alfaro hay carreras relacionadas con salud, pero Cristina no se lo dijo. Le informa que citó al dentista para el lunes a las 9:00. Ya sabe qué papeles debe traer y la tarifa de la consulta. El jefe le dice "muy bien", firma unos documentos y sale antes de las 11:00. Va para la Corte a hacerle seguimiento a un proceso complejo de deportación. En los procesos de la Corte le paga a un abogado de verdad, que sí tiene diploma, para que ponga la firma, aunque Alfaro se encarga de hacer todo. Cuando el jefe sale, Cristina enciende el radio en UBGO Jazz 88.3 FM, una emisora de Newark, y durante el resto del tiempo contesta algunas llamadas y correos. Casi todos los días le sobra tiempo para chismosear fotos en Facebook de la gente de la Pecera y del kínder de Pedro Miguel. También lee y en ocasiones se pinta las uñas. Almuerza en su escritorio y a las 2:30 cierra la oficina. Por lo general, el doctor llega antes de las 3:00. A veces se encuentran. Va al metro, toma la línea N y se baja en la estación Avenue U. Camina cinco bloques para recoger a Pedro Miguel y luego otro tanto para llegar a su casa.

Baja al *basement*. La luz está encendida. El niño corre a los brazos de su papá y él le da un beso a Cristina. Apaga la televisión y le sirve un café mientras ella se quita los zapatos y la chaqueta. Alexis le cuenta que estuvo haciéndole mantenimiento a la calefacción del 501. Ella le comenta que al fin el domingo Yova sí va a correr la maratón y él le dice que sí, que ya se comprometió a acompañarlo y que puede ser un buen plan familiar.

Alexis juega con Pedro Miguel. El niño tiene una patrulla de la policía y el papá un carro de bomberos. Ambos con sirenas escandalosas. El juego consiste en hacer carreras. "You lost again, daddy!", grita Pedro. Con la bulla de

144

fondo, Cristina prepara una cena rápida. Todavía no disfruta de la cocina, pero ha diversificado su menú. Prepara en el wok unas verduras salteadas con trozos de cerdo y salsa teriyaki. Alexis se sirve una porción enorme y toma jugo de naranja, de caja. Con el último bocado se levanta de la mesa, se lava los dientes y se pone su chaqueta, guantes, gorro y bufanda. El turno en el parqueadero comienza a las 6:00.

Cristina prende la televisión. "En otras noticias internacionales, a las 4:30 a.m. de hoy, hora local, fue capturado en Paramaribo, Surinam, el buscado estafador Álvaro Valencia Gaviria, alias el Supremo, exsenador colombiano que huyó hace ocho años de su país, luego de llevarse una multimillonaria suma de dinero, procedente de una pirámide ilegal que funcionó en varias ciudades y en la cual perdieron sus ahorros numerosas familias de clase media".

Cristina llama la atención de su hijo con un pretzel de mantequilla de maní, para que haga silencio y la deje terminar de oír lo que dice la presentadora de Univisión, pero el niño está jugando con una chiva rumbera de pilas que le regalaron Rosario y Harold Gustavo cuando cumplió tres años, y el ruido es tan escandaloso que ni siquiera mira a su mamá. Cristina alcanza a escuchar el final de la noticia con la oreja pegada al televisor.

—Aló, quiubo mami, ¿vio las noticias?

—No, ¿qué fue?

—Que capturaron al Supremo. Va a ver cómo ahora sí recuperamos la platica. Avísele allá a Susana y yo llamo acá a la Monita y a Yova.

—¿Usted sí cree, mija?

—Ah, ya está usted como las tías, echándole la sal a todo. ¿Quién es, pues, la que dice todo el tiempo "póngale fe"? Aplíquese la receta y póngale fe. Piense con optimismo y verá que este año que viene sí nos salen las cosas bien y se le realizan todos esos milagros que usted vive pidiéndole a todo ese santoral que mantiene allá a punta

145

de vela y que un día de estos le va a causar un incendio, porque, mamá, usted no puede estar dejando esas velas prendidas cuando se va a la calle a misa, fíjese que eso es un peligro... Pero bueno, lo importante ahora es que este año sí, por fin, a usted le devuelven toda su plata, le dan la visa y todo se nos compone. Visualícelo, que si nos hemos logrado bandear todo este tiempo es porque algo muy bueno viene para nosotras, ¿OK?

—OK, mija. Dios quiera. Yo le aviso a Susana de la noticia. ¿Y cómo están todos por allá?

—Bien mami, aburridos otra vez con este frío. Estamos como a cinco grados de los de allá, y eso que todavía no ha empezado a caer nieve. Pero todo está muy bien.

Sobre la autora

Adriana Villegas Botero (Manizales, 1974). Es periodista, abogada y magíster en estudios políticos. Trabajó en medios de comunicación como *El Espectador, Canal Capital* y Unimedios, y fue asesora de comunicaciones de distintas entidades públicas. En 1999 ganó el Premio Nacional de Periodismo Simón Bolívar, con el equipo de *El Espectador* que cubrió el terremoto del Eje Cafetero. Actualmente dirige la Escuela de Comunicación Social y Periodismo de la Universidad de Manizales, es columnista en el diario *La Patria*, escribe reseñas de libros para *Quehacer Cultural* y participa en el programa radial *El Vespertino*, de UM Radio. Ha escrito algunos cuentos y *El oído miope* es su primera novela.